JN177539

集英社オレンジ文庫

少女手帖

紙上ユキ

本書は書き下ろしです。

Contents

1 — p.7
2 — p.12
3 — p.19
4 — p.40
5 — p.53
6 — p.67
7 — p.75
8 — p.87
9 — p.111
10 — p.125
11 — p.165
12 — p.194
13 — p.221
14 — p.244
15 — p.271
16 — p.273

イラスト／カオミン

Memorandum
for a Girl
to Live
少女手帖

赤の女王は走り続けている。

これは、絶え間なく変化していく環境のなかで、ある地点に留まり続けるためには超人的な労力が必要だという話。

たとえ、傍目《はため》には一ミリたりとも移動しているように見えなくても。

たとえ、少しも努力しているように見えなかったとしても。

走ることは、場に適応し続けていくこと。何か保ち続けるのは、それを壊すより、ずっとたいへんだ。

1

生物にとって『勝つ』ってどういうことなんだろう。

ふと疑問に思ったのは、ちょうど中学を卒業したばかりの頃のことだった。

べつに、卒業式の祝辞に影響されて、人生の勝者になってやろうと野心を燃やしていたわけじゃない。競争に勝ち抜いて、頂点に立ちたいと夢見ていたからでもない。

ただ、日常的に耳元をかすめていく、勝ったとか負けたとかいう言葉の響きに、『最強の生物』ってどういうのだろう、という疑問が浮かんだだけだった。

――最強の生物。

そういうものになるには、巨大化すればいいのだろうか？

市街を一足で踏みつぶせるくらいに。ついでに、炎のひと吹きであたりを軽く焼き払えるくらいに。

じゃなきゃ、凶悪化すればいいのだろうか？

血も涙もない、捕食者。他の生命を、欲望のままに貪《むさぼ》りつくす。そんな恐怖の怪物になればいいのだろうか。

それともいっそ、世界征服者になるべきか?

科学の英知と手段を余さず手の内にして、人類だけじゃなくて、全生物の頭上はるかに王者面《づら》して君臨《くんりん》する、至高の独裁者——になれば、それをもって勝ったといえるのだろうか。

そんな仮説を立てたあと、思いついた理屈が妥当かどうか、確認してみた。二、三のテキストにあたって。

さいわい、入学したばかりの高校は、校舎とは別棟になった豪勢な図書室を所有していたので、資料探しは楽に片づいた。

その結果——勝つとはそういう、複雑なことではないのだとわかった。

正解(わたし調べ)は、こうだ。

生き物にとって、勝つということは、

『変わりゆく環境に、ひたすら適応し続けていくこと』

『不断の努力によって、とにかく生き延びること』

——ようするに。

生きて、存在していることこそが勝つことで、『最強』の称号を戴《いただ》くにふさわしい個体なのである——ということらしかった。

――地味だなあ。

思っていたのとはぜんぜん違う、華々しさのかけらもない結論に、わたしはすっかり気抜けしてしまった。

椅子《いす》の背にもたれかかって、そのまま思いきり後ろに背伸びして、図書室のくすんだ丸天井を眺めた。

しばらく、ぼうっとしていた。

どこかで鳩《はと》の鳴く声がかすかに聞こえていた。

――存在してればオーケーっていわれても、勝つって、やっぱりたいへんだよね。

いまさらだけど、生きるってそういうことなのかと思った。

つまりは生物たるもの、日々全力を傾けて、勝ち続けなきゃならないっていうこと。怠《なま》けている暇はないのだ。生きていたければ。


生物界における勝者とは『存在し続ける個体』である。

いたっておもしろ味のない結論ながらに、わたしはいつしか、しみじみと納得していた。

そうだよなあ、と思った。

その自然法則は、わたしの世界――学校でも同じく有効で、毎日がひそやかなサバイバルだ。知力、体力、洞察力、その他まとめて、空気を読む力。

場合によっては、環境の要請に従って造形した、『キャラクター』という鎧《よろい》にしっかり身を固めて――いざ出陣。

幼稚園入園からこちら、足かけ十一年。群雄割拠《ぐんゆうかっきょ》、下克上《げこくじょう》の戦場を、わたしはなかなかうまく生き延びてきた。

というか、じつは楽勝だった。学生生活のフィールド――教室という戦場で生きていくにはコツがある。

それは、無難で有用な人間でいること。

こちらの言いたいことを言わず、相手が聞きたいことを言う。

同調する。

意見は禁物。

批判なんてもってのほか。

そうは思わなくても、「そうだね、わかるよ」。

とにかく相手を肯定しなくちゃ。

自慢話や、終わりのない愚痴《ぐち》は右耳から左耳に抜いちゃって、相づちだけは要所を外さずうっておく。どの子も気が済むまでしゃべったら、たいてい機嫌よくなってくれるから。

わたしは赤の女王みたいに、現状維持のために力を尽くしている。

だって、変化は怖いから。

現在は必ず過ぎ去っていく。時間は流れ続ける。環境はいつの間にか変わってしまう。変化しないものなんて、きっとない。

それでも。

わたしは、地道に辛抱強く変化と闘《たたか》っている。自分の世界の平衡《へいこう》を保つことに、できるかぎりの労力を捧げる覚悟だ。そんなのお安い御用だ。

そうすることで、安定した学生生活を保証されるなら。

2

わたしは赤の女王のように、がんばっている。

今日も拡大し続けるエントロピーと戦っている。

日々の雑事と。未来に対する不安と。たまりにたまった過去の荷物と。

ぐちゃぐちゃの部屋。ぎゅうぎゅうのクローゼット。山積みのプリント。なだれを起こしそうな漫画や雑誌。抱えきれない荷物。捨てられないたくさんのがらくた。気を抜くとたまっていく一方の未読のメッセージ。提出期限の迫った課題。いつまでたっても解けない証明問題。

片づけても、片づけても、いつの間にか『次』がつかえている。

片づける方法を考える。

何とか切り抜ける。

だけど、見つけた公式はすぐに使えなくなる。初めてが何度も出てきて、そのつど対応していくのに大忙しだ。

混乱した過去が背後に迫ってくる。顔を上げると、薄暗い未来。

なのに、わたしはまだ、明かりを持っていない。

現在。

誰かの嫌みな自慢話。窮屈《きゅうくつ》で息が詰まりそう。だけど、ぜんぶ抱えていかなくちゃ。どれも捨てるわけにはいかないから。

それにしても重い。なんて重いんだろう。


忍耐は、わたしの対人技術の勘どころだった。

グループ内にトラブルが起こって、それに巻き込まれるストレスに比べたら、ちょっとした譲歩なんて、どうってことはない。

わたしは平穏な日常を何より愛している。そのためなら、少しぐらい我慢したっていい。嫌な気分を引き受けたっていい。

もちろん、それでぜんぜん平気、ってわけじゃなかったけれど。

気を張っている必要のないときには――たとえば夕食後のお茶の時間なんかには、我慢したぶん、姉を相手に、遠慮なく愚痴《ぐち》をこぼした。わたしはほんとうはあんまりいい子じゃないし、天使もどきでいられるのは、家の外でだけだ。

できれば愚痴なんかこぼさずに暮らしたかったけれど、しょうがない。

たいていのことは姉に話すだけで何となく気が晴れたし、我慢しているといっても、べつに誰かに強制されてそうしているわけじゃなかったし。

これはぜんぶ、わたし自身のために、わたしが望んでやっていることだった。

つまりは、わたし自身が選択した、わたしにとっての最善だった。

わたしにとっていちばん重要なのは、プライドを守ることでも、自分の意見を主張することでもなかった。ただ、平穏な学生生活を送れれば、それで満足だった。


男子のトラブルの発現が、流血を伴う短期決戦なのだとしたら、女子のやり方は、長期にわたる消耗戦《しょうもうせん》だ。

偏執《へんしつ》的に洗練された陰湿な粘り強さで、被害者に精神攻撃を仕掛ける。小学生の頃から第三者の立場で、男女、どちらの被害者も見てきたけれど、一度、排除の標的になってしまうと、攻撃を回避することは難しそうだった。

いじめっ子の執念ときたら、まるで熱探知ミサイルだ。被害者は、加害者が飽きるまで、その理不尽で残酷なゲームにつきあわされることになる。

つまり、逃げようがない。

じっさい、教室という狭い空間に、毎日決まった時間、決まった様式で留まることを強制されているのだから、物理的にも逃げ場がない。

そう思うと学校って、ほんとうに奇妙な空間だ。しかも、建前上、全員と仲良くしなきゃならないことになっている。

友愛、団結、協力。独裁国家のイデオロギーよろしく、その手の標語が教室といわず、廊下といわず、あちこちに掲示されている。

独善的理想主義。友だちの多い人イコール人格者という、誤謬《ごびゅう》。

おかげで、どこかのグループに所属していないと、できの悪い生徒として最低辺扱いだし、たくさんの取り巻きを引き連れている生徒は、貴族気取りだ。

クラスの人間関係をカースト制度になぞらえた人の皮肉のセンスは、なかなかのものだと思う。

そんなふうに閉鎖された空間で起こるのは、お定まりの突っつきゲームだ。

姉に言わせると、それはほとんど過密状態に置かれた動物の習性といってもよいもので、哀《かな》しくも回避しがたい自然現象なのだという。

たとえ平等を建前にするほどの分別を持ち合わせている種――人類においても、事情は変わらない。仕組みは、サルの集団とほとんど同じだった。小競《こぜ》り合い、場合によっては流血事件を経て、順位社会を形成するのだ。

ちなみに、いったん確定した階級がくつがえることは、めったにない。その場所で、下位の個体は、上位の個体に逆らえなくなる。

なぜだろう。下位者はべつに、上位者に便宜《べんぎ》をはかってもらっているわけでもないのに。ましてや、食糧《しょくりょう》を依存しているわけでもないのに。不思議だった。しかし現実に、そうなるのだ。

いまのところは。

残念ながら人間も、きちんとこの『集団のセオリー』を踏襲《とうしゅう》している。

そういえば、何で偉そうにしているのかわからない人って、どのクラスにも必ずいたような気がする。

しかもそんなふうにピラミッド化した環境を、さらに補強するのが、あろうことか生徒という名の羊たちの導き手、先生なのだった。

自身、組織人でもある彼らは、なんだかんだいって、教室の階級ピラミッドに参加しようとしない生徒を認めない。個性の尊重なんてただの建前で、集団への馴化《じゅんか》が、良き生徒の前提条件になっている。

一学期を終えても友だちという名の同伴者を確保できない人には、個人面談で訓戒《くんかい》が入るらしい。聞くところによると。

訓戒？　いったい、その子たちが何をしたっていうんだろう。ひとりでいることで、他の誰かを傷つけたわけでもないのに。

とにかく生徒はみんな、逃げることは難しく、それだからこそ、何はともあれなじむ努力を放棄しがたい環境下に置かれることになる。

突っつきゲームの悪意ある上位者は、そういう状況をあますところなく利用する。自尊心を満たす遊びのために。たぶん、日々の気晴らしのひとつとして。

こういう人と同じクラスになると、嫌な荷物を押しつけられたような気分になる。どこかに捨てに行きたいけれど、どうにもできない。

預かり物を勝手に処分するわけにはいかないから。

いつか観た外国映画で、くたびれたおじさん俳優が言っていた。

『女性はいいものだ。男性よりもずっと天使に近い存在だ』って。わたしは思わずつぶやいた。

——まじですか？

一応、女性というカテゴリーに属している人間として、彼には小声で異議を申し立てたい。

——性別は、このさい、関係ないんじゃないかな。

天使に近いか遠いかなんて、性別や年齢で判断できるようなことじゃないような気がする。天使のような男性だっているはずだ。

悪魔のような女性がいるように。

外見だって、多少の判断材料にはなるけれど、それも確実とはいえない。

きちんとした見かけとか、感じのよさとか、ほんとうに悪い人なら、そういうことを、ぜんぶ逆手に取るものなんじゃないかな。

大事なことはいつも見えにくいところにある。保険契約書の重要事項みたいに。

ともあれ、高校生ともなると、教室はずいぶん平和になった。みんな、だんだん自分のよくないところを隠す方法を学んできたからに違いない。

その点、よくも悪くもストレートなのが、小学生だ。自己都合の不機嫌や、悪意をそのまま他人にぶつける。狭量《きょうりょう》で、融通が利かない。自分の正義を疑わない。

子供が天使だというのはたぶん、観察力に乏しい大人ならではの見解だ。嫌な子供ほど、大人に対してはうまく立ちふるまうものだから。

わたしは、むきだしの感情が節操もなくぶつかりあう小学校の教室を、もういちど経験したいとは思わない。

3

「そういうのって、ストレスたまらない？」

姉は、苦いものを食べたみたいな顔つきになって、わたしに訊《き》いた。

「できないことはできない、嫌なことは嫌だって、はっきり言わなきゃだめだよ。ふつうの人間は、他人の苦痛になんて、めったに配慮してくれないものなんだからね」

姉はそんなわたしの処世術を、いつもじれったそうに――罵《ののし》った。

――ああ、わかったからもうやめて。

いたって真剣な姉のまなざしが、ちくちくと頰《ほお》に刺さって、痛い。はっきりいって、うっとうしい。何なら、いますぐに話題を変えてほしかった。こんなふうに心配されるのって、居心地が悪くてたまらない。

「いいの。わたしはそのほうが楽なんだから」

わたしはいつもと同じにきっぱりと言い切ってから、お皿の端に最後までとっておいた特大エビフライにかじりついた。

姉の不服そうな視線を額のあたりに感じながら、わたしはフライをゆっくりと味わった。

エビフライって、おいしい。

エビの身の弾力と、サクサクの衣のとりあわせが、どうにも絶妙な料理だ。

安定した学生生活を送りながら、こんなにおいしいものが食べられるわたしは、じゅうぶんにしあわせだ。

——ああ、平穏な日々のすばらしさよ。

しかし、姉はしつこかった。

「そう？　ほんとは我慢してるんじゃないの？　自覚のない我慢ってのが、いちばんたちが悪いんだよ。気づいたときには手遅れ、なんてことはめずらしくないんだから。

そうなったら、後悔してもしきれないな。わたしが」

「お姉ちゃんが？」

「そうよ。あんたがよくてもわたしが嫌。後悔したくない。みすみす妹の不幸を見過ごしにしちゃったりしたら、わたしは自分をきっと一生許せない。

許せない自分を毎日罵《ののし》りながら、失敗した過去だけを見つめて暮らすんだ。ああ、なんて悲劇的な人生なんだろう！」

姉はひととき、悲しいお芝居の主人公のように、まだ実現してもいない己の悲しい境遇を嘆いてから、ふと真顔に戻って言った。

「だからやめてよね、わたしを巻き込んで不幸になるのは」

この深刻さが、とても重たい。ちょっとだけ、苛々《いらいら》しながら姉に返した。

「じゃあ、巻き込まれなきゃいいじゃない」

「あんたって、そういうところ、けっこう意地悪よね。

それができたら苦労しないっていうの。わかっててそういうこと言うかな。家の外じゃ、天使みたいに愛想《あいそ》がいいくせに。

言っとくけど、オーバーワークで痛手をこうむるのは、身体《からだ》だけじゃないんだからね。精神だってじゅうぶん疲労するし、無理な使い方をしたら心だって過労死するんだよ」

現在、大学の生理学研究室に助手として籍を置いている姉は激昂《げっこう》し、加えてあきらめ悪く、わたしに親切ごかしの脅しをかけてきた。

――おっと姉さん、おせっかいはそこまでだぜ。

ついに、わたしは飲み干したみそ汁のお椀《わん》をとん、とテーブルに置いて、ハンフリー・ボガートばりのまなざしを上げた。

姉は、わたしのハードボイルドな視線を、さらに渋い顔で受け止め――しかし、それ以上は言わずに引き下がった。

「わかったわよ。わたしが悪かった。だけど……あんたの人造性格美人ぶりが、ときどき心配になるの。せめていま言ったこと、少しは心に留めておいて」

一応、しおらしく謝った。

余計なおせっかいを焼いているという自覚はあるらしい。その割に、しょっちゅう同じ過《あやま》ちを繰り返すのには納得がいかなかったけれど。

ひょっとすると、わざとやっているのかもしれない。

というのも、いつか、他ならぬ姉本人が、こんな発言をしたことがあったからだ。

『利害が対立して進まない交渉ごとをしているとき、勝つのはたいてい、しつこい方』だって。

だけどまあ、許してあげる。自分の非を認めた人間を、さらに責めるようなことはするまい。それに、姉のおせっかいは、つきつめると、家族への愛情がさせていることなんだとわかっていたから。

ほんとうに、よくわかっていた。姉はわたしにとって、ほとんど母親みたいな人だったから。

わたしたち姉妹には、母親がいない。

わたしが二歳のときに交通事故に巻き込まれて、他界してしまったからだ。だから、わたしには母の記憶がない。当時十四歳だった姉とは違って。

思い出がない代わり、母親を失った痛手は、かなり少なくて済んだ。

そのはずだ。

なのに、やっぱり、お母さんのいる『ふつうの子』たちを見るにつけ、欠落感を感じずにはいられなかった。

わたしには、あるべきものが欠けている。

それは身もだえするような悲しみではなかったけれど、身に添って離れることのない、うっすらとした影のような淋《さび》しさだった。

お母さん。そんなふうに呼ばれる人が、具体的にどういう存在なのか、うまく想像できなかったけれど、日常生活のあらゆる場面で、わたしにもいてほしかったと何度も思わされた。

同級生だけじゃない。通りがかりに母親に甘えている小さい子を見るだけで、もやもやとした不快感におそわれたし、理不尽な嫉妬《しっと》心を抱きまくっていた時期もあった。

それでも、いまにして思えば、わたしはそれほど不幸ではなかった。

姉がいたからだ。

だけど、姉はどうだっただろう。母親との思い出をほとんど持たないわたしと違って、すでに中学生だった姉は、相当つらい思いをしたはずだ。

はじめから持たずにきた人間より、持っていたものを失《な》くした人間のほうが、たぶん、圧倒的につらい。じっさいに、姉は失った母に対する恋しさを埋め合わせるかのように、わたしをかわいがってくれた。

父は商社員で、しょっちゅう家を空けていたから、わたしはほとんど姉に育てられたみたいなものだった。もちろん、経済的な意味では、父は大活躍してくれたわけで、それ以外の部分での話だ。

わたしが物心ついたときには、姉はすでに高校生だった。つまり、いまのわたしと変わらない年頃だったのだけど、見かけに似合わず几帳面《きちょうめん》な姉のやることには、ほとんど手抜かりというものがなかった。

しっかり者の姉のおかげで、わたしは少々、危機感に乏しい人間になってしまったふしがあるくらいだ。たぶん、わたしのぶんまで姉が、いろんなことを引き受けてくれていたからだと思う。

姉は心配性――というか、苦労性だった。

といっても、それをわかりやすくあらわすことはあまりなく、わたしへの愛情表現にしても、いっぷう変わっていた。

何だか的外れというか、ときどき飛躍しすぎて、意味がわからないというか、とにかく何かにつけ、姉はあまりふつうらしくない人だった。

だからこんなとき、

『だめだめ、そんなんじゃ。友だちは何より大事にすべきだよ』と、価値観の軌道修正を迫ってきたり、『自分を偽《いつわ》ってちゃだめだよ。臆病《おくびょう》にならずに心を開いて、ほんとうの友だちを見つけて、思いきり学生生活を謳歌《おうか》しなよ』なんて、無責任な忠告をしてきたりもしない。

そのかわりに、何もかも本心に従って断れ、なんて言いだしたりするのだ。

姉で、お母さんで、友だちみたいな人。

三者の要素が混在しているせいで、かえって何者ともつかない人になってしまっている姉が、わたしは好きだった。

「まあねえ、世のなかの中高生が心ひそかに夢見ている『ほんとうの友だち』なんて、はっきり言って幻想だもんねえ。適当にごまかして、やりすごすしかないか」

こういう、身もふたもないまとめ方をするのが、姉という人だった。

姉によると、友情って、甘くて、きれいで、都合のいいものじゃないんだそうだ。

「人間関係なんて、川を流れてく水みたいなものだよ。相手は思うようになんてならないし、いったん気を許した相手との対立はものすごくきつい。流れが変わったら、それに逆らおうとしてもまったくの無駄。下手すると溺《おぼ》れちゃう。どうしようもなくてあっぷあっぷしているうちに、いつの間にか、なにもかもすっかり流れ去っちゃうの。まあ、流れには逆らわないのがいちばんだよ」

そのへんをわきまえずに、全国の中高生が共通認識として持っている親友のイメージに安易に寄りかかるのは、関係者全員の不幸だと姉は言った。

もちろん、この、親友幻想説は姉の個人的な意見であって、わたしの考えは、それとはちょっと違っていた。

わたしは心が洗われるような友情って、なくはないんじゃないかな、って思っていたから。

そういう特別な友人に出会えることが、ありふれたことだとは思わないけれど、ないと言い切ってしまうのは、それはそれで、夢がなさすぎるような気がした。

「そうね、可能性はなくはないかもね。稀少《きしょう》ってだけで」

それが何であれ、姉はわたしの考え方を否定はしなかった。ときにはあっさりと、ときには不承不承に認めてくれた。世の中に無数に存在する、個人的な信条のひとつとして。

というわけで、今日も妹の生き方を尊重して、早々に議論をたたんだ姉だったが、次のひとことをつけ加えるのだけは忘れなかった。

「まあ、どうでもあんたの好きにすればいいけど。

死ぬ前に——もとい、取り返しのつくうちに、ちゃんと助けてくれそうな人に相談するんだよ」

「取り返しとか、死ぬとか、縁起でもないな」

わたしは、姉が持ちだしたシリアスすぎる単語に辟易《へきえき》しながら口をとがらせた。

――ほんとうに大袈裟《おおげさ》なんだから。

だけど姉は大真面目な顔をして言うのだった。

「心労、侮《あなど》るべからず。わたしの見たところ、人生の可食部分の半分は、心労でできているんだからね」

そして、適当なことを言う人でもある。

「残りの半分は？」

わたしは一応、訊いてみた。

姉は落ち着き払って答えた。

「老化との戦い」

「なにそれ。ほんとに適当だな」

わたしはあきれて笑った。

そうであってほしくなかったから。

もしも人生が心労と老化との戦いで占められるのだとしたら、人間って、あんまりかわいそうすぎると思った。

つらすぎる。

なんだか世界が灰色に見えてくる。人生のイメージカラーがそんな色だなんて、わたしは絶対に信じたくない。

だけど、姉は言下にたたみかけてきた。

「気に入っても入らなくても、現実は現実。現象が語る真実から目をそらすべからず」

人生経験、わずか二十八年の姉は、変に芝居がかった口調で、そんなふうに結論づけた。

もちろんわたしは即座に異議を申し立てた。

「イメージが操作されています!」

どういうわけで、そんなふうに決めつけられるんだろう。

自信満々に人生を語る姉の年齢はわずか二十八歳で、経験則なんてもの語れるほど人生経験を積んでいるはずもないのに。

『統計の信ぴょう性はひとえにサンプルの多さと、条件の公平性にかかっている』というのは、これも姉の謂《い》いだったけれど、たった二十八年——しかもそのうち約半分を、子供として過ごした——で収集できたサンプルが、いったいどれほどのものだというのだろう。

「お姉ちゃんみたいな若造にそんなこと言われても、信じられない」

ところがわたしの、反論の隙《すき》のなしと思われた言い分を、姉はいとも簡単に退《しりぞ》けてしまった。

「そう、経験をするためには、何よりたくさんの時間が必要よね。生き物の常として、存在期間を限定されていることは、あらゆる研究者にとっての足かせでもある。

だけど、人が、命の短さという不遇を背負う存在だからこそ、それを補うものが待望され続けてきたんじゃない。外付けの記憶媒体《ばいたい》や高速演算装置ってものは、個人の持ち時間の限界を乗り越えるために発明されたんだよ」

——ああ。

姉の言いたいことはわかった。というか、察しがついた。すべての発見と知識は、先人の肩の上に乗ることによって実現した、というあの理屈だ。

書物礼賛《らいさん》。機械最強。知識万歳。電気って、すごい。

立場の不利を自覚しはじめたわたしの顔をのぞき込んで、姉はうっすらと微笑《ほほえ》んだ。

「巨大なデータベースと共に現代を生きるわたしたちは、理論上、記録された過去と同等の経験を蓄積しているの。

文字と数字で編まれた記録を読み解くことのできる人間は、その資料が伝えうる長い時間を自分のものにすることができる。

知識に触れたいと望む者は誰でも、膨大《ぼうだい》な経験を蓄積した精神の上に生きることが可能なのよ」

——ぎゃふん。

わたしは、心のなかで古典的な効果音を響かせるしかなかった。

十二の年齢差は、やはり伊達《だて》ではないのだった。姉は簡単な論法を操って、夢見がちな妹を手もなく納得させてしまった。

わたしは現実の味気なさにがっかりしつつ、だったらせめて、その灰色をどうにかして薄められないものかと考えながら食卓から離れた。

使った食器を流しに運んで、ついでに薬缶《やかん》に水を入れ、コンロに火をつけた。

夕食直後の『お茶』は、いつの間にか定着した、わたしたち姉妹の享楽的習慣だった。健康のため、夜間のカロリー摂取はひかえめにという世間の風潮をものともせず、別腹までしっかり満たして、わたしたちは一日を締めくくるのだ。

「あっ、わたし、今日はコーヒーにする。ブラックでお願い」

すかさず、自分の食器を運んできた姉が言い、わたしは姉の要望を受けて、吊戸棚からインスタントコーヒーの瓶《びん》を取りだした。

続いて紅茶の缶と、ポット、それからカップをふたつ。必ずお茶を淹《い》れる紅茶派のわたしとは違って、姉は日によって、紅茶派にもコーヒー党にもなった。

お湯が沸くのを待つあいだに、姉は愛用の特大トートバッグから今日のお菓子を取りだして、取り皿にのせた。

姉は、研究室に勤めるかたわら、桃里町《ももざと》の住宅街でほそぼそと営業をしている喫茶店でアルバイトをしていた。毎回、トートバッグから出てくるお菓子は、その店で調達した品物だった。

一応、研究職という本業があるので、姉のアルバイトはその片手間の活動だったのだけど、姉は空いた時間のほとんどを、そのバイトにつぎ込んでいた。

ここ一年、姉は、自宅と、大学と、喫茶店の三点を、ひたすら巡回する生活をしている。なぜそれがわかるのかというと、本人がその三か所の話しかしないからだ。

一応、年頃の女性だというのに、姉の生活と話題には、みじんの華やかさもなかった。たとえば、友だちや彼氏と海に出かけたり、山で遊んだり、飲み会をしたり、とりあえず青春っぽいこと。

恋とか、愛とか、夢とか、何か少女漫画的な、楽しそうなこと。

しかし、記憶にある姉の姿を思い返してみても――高校生のときから――姉はすでにぜんぜん華やかじゃなかったような気がする。

やたらとクラスメイトの恋愛話をしていたことを覚えている。だけど、うらやましがっているようなニュアンスはまったくなかった。そのかわりに、研究対象について語るみたいな、変な熱心さがあった。

情熱はあったのだ。ただし、それはあらぬ方向に向けられた情熱だった。余人《よじん》には理解しがたい趣味に打ち込んでいる人が持つような、行く先の知れない熱意――思えば、その頃から姉は乙女の常道から足を踏み外《はず》していたのかもしれなかった。

もしそうなのだとしたら――姉の進路を青春方面に軌道修正するのは、もう無理なのかもしれない。長く続いた習慣というものは、なかなか改めがたいものだからだ。

じじつ現在、姉には彼氏がいない。というか、いたことがないみたいだ。しかも、作るつもりもないらしく、恋愛方面においてはあからさまにやる気ゼロだった。

わたしは少し不安になる。

姉は、ほんとうにそれでいいと思っているのだろうか。

少女老いやすく、婚姻《こんいん》成り難《がた》し。

多数派が行く道を、大胆に逸《そ》れていくことに不安はないのだろうか。

わたしが姉の立場だったら、絶対に焦っておたおたすると思う。みんなと違う、ということが、わたしはとても苦手なのだ。

だからわたしは、自らの将来にまるで無頓着《むとんちゃく》な姉のことを、家族として、ひそかに心配していた。だって、二十八歳といえば、そろそろそういうことを真剣に考えはじめる年頃じゃないのか、と思うから。

それに、もしも――万が一、姉の結婚に対する無関心がわたしのせいだとしたら困る。すごく困る。こんな心配を口に出したところで、本人は薄笑いで否定しながら聞き流してしまうって、わかっていたけれど。

このアルバイトを始めてから、姉はさらに多数派から遠ざかった感があった。

もともと、お金目当てで始めたことではないとは聞いていたけれど、じっさいに知った給料の安さには、衝撃を受けた。働いた時間にかかわらず、純利益の一割を報酬《ほうしゅう》として受け取る取り決めになっているらしいのだけれど、先月の給料は二千円だった。

こうなるともう、労働ではなく、道楽なのではないだろうか。アルバイトの本来の目的はお金か、将来お金になる技術を身につけること——というのがふつうだと思うけれど、姉ははじめから、そのどちらも求めていないみたいだった。

まあ、よく考えてみれば、二十八歳にして世捨て人の趣《おもむき》がある姉が、化粧品や洋服やレジャーのための資金を求めて、アルバイト活動をするはずもないのだった。

しかしそれなら、姉はどういうつもりでこの店に入り浸っているのだろう。本業の給料さえ格安という身の上で、無給に近いバイトで貴重な青春のときをつぶしてしまうなんて、意図不明だ。加えて、将来に対する危機感がなさすぎる。時間の無駄遣いなんじゃないだろうか。

遠慮なく文句をつけたわたしに、

「これはアルバイトじゃなくて、こまぎれにやってる居候《いそうろう》なのよ」

と、姉は謎の釈明をした。

居候しているあいだ、店主の仕事を手伝うのは文字通りの『お手伝い』で、わずかに支給されているお金は、労働報酬ではなく、店主の心付けなのだと。

「これはね、ひとつの快挙なんだよ。とうとう運命の人に出会えたんだから。ほんとなんだねえ、待ち人はあきらめかけていた頃にあらわれるって」

姉はしみじみと言った。

――運命の人？

いつか姉は、そんなものはいやしないと断言していた。

運命の人なんてものは、困ったときにたまたまそばにいた、ただの通りすがりの人間で、ちっとも特別なんかじゃないって。

そのくせ、姉は臆面《おくめん》もなく、バイト先の店主をそんなふうに呼ぶのだった。

姉が、かつての自分の発言をどう思っているのかは不明だ。ひょっとすると、忘れてしまったのかもしれない。

聞くところによると、ここの店主という人も、相当に変わっていた。類は友を呼ぶというのは、ほんとうのことみたいだ。

ところで、とても残念なことに、店主の大槻《おおつき》さんは男性ではなかった。

これが乙女小説なら、たとえ恋愛偏差値最底辺の姉であろうと、若くて、やさしくて、かっこいい雇い主と恋に落ちて、しかも後日、彼はどこぞのお坊ちゃまであるということが判明し、姉はめでたく安定感この上なしの結婚を手中にし、おおかたの女子が望む人生の正規ルートに、鮮やかに返り咲くことになるのだろうけれど、現実がそう都合よく運ぶはずもない。

大槻さんは結婚どころか、恋愛対象にすらなりえない、六十三歳の女の人だった。

若い頃から趣味でお菓子作りをしているという人で、二年前に約四十二年間続けた会社勤めを終えて、趣味に専念することにしたのだそうだ。

つまり、暇と気分にまかせて、お菓子を作りはじめた。

誰に要求されているわけでもないので、機械のように勤勉に生産することはなかったものの、それでも、人ひとりに消費できる量以上の製品が、日を置かずに出来上がることになった。

そのため、彼女は出来上がったお菓子を『どうにかする』ためだけに、喫茶店を開業したらしい。

若い頃から、そして最近はほぼ毎日、製菓にいそしんでいるだけあって、彼女のつくるお菓子は素人《しろうと》の独学とは思えないほど、出来がよかった。

おいしいのはもちろんだけど、見た目もすてきなのだ。じゅうぶんに顧客を安定確保できる腕前だと思えるけれど、右のような理由で始めた『商売』に心血を注ぐつもりはないらしく、経営目標は、赤字が出なければそれでよしという、とても低いところに設定されていた。

いっそ、真面目に商売にすればいいのに、とわたしなんかは思うのだけど、そうすると、好きなものを好きなときに好きなだけ作るという、大槻さんの目的にはかなわなくなるので、だめなのだそうだ。

大槻さんは、好き勝手にすること、それ自体を活動の目的にしていた。たまたま外見は自営業者の体裁を取っているけれど、それはただの見せかけで、真の姿はやる気の偏《かたよ》った、気まぐれな趣味人なのだった。

そんなわけで、売りもののお菓子は、種類すら一定ではなかった。ときによって洋菓子だったり、和菓子だったり、国籍不明の甘いものだったり、ばらばらで、店構えにいたっては、民家そのままの飾り気のなさだった。

いちど、好奇心がはたらいて、店を見に行ったことがあったのだけど、そのときには、看板ひとつ出ていなかった。喫茶店やカフェにつきものの、おしゃれなお品書きなんか、どこにも見当たらなかった。さすがに、営業内容くらいは告知したほうがいいのではないかと、他人事《ひとごと》ながらに心配になった。

戸口に営業中の札が出ていたのが、せめてもの救いだったけど、それは定休日がなく、店を開けるのも閉めるのも、完全に店主の都合でやっているからだと、あとになって知った。

確かに店として、いろいろおかしい。まあ、姉みたいな変人を雇うという時点で、ふつうではないのは確かだったけれど。

わたしが店主なら、もっとお客の目につくようにすてきな店構えにするし、お人形のような制服の似合う、かわいいバイトを雇う。看板だって、ちゃんと出す。

ともあれ、そんなふうに風変わりな店だったから、唯一の従業員――姉に対する扱いも変わっていて、勤務時間は神様のふるサイコロなみに変則的だった。

つまりは、その日の店主と姉の都合によってどうとでも変わる、という行き当たりばったりぶりだった。

そんな妙な職場だったけれど、すてきな特典もあった。

店にあるお菓子をもらって帰れるところだ。

好きなだけ持っていって構わないと、店主さんは言ってくれているらしい。低賃金のささやかな埋め合わせとして、というよりは、単に有り余っているから。

姉は、彼女の言葉に甘えて、店に顔を出した日にはいつも、一度に食べられるぶんだけのお菓子をもらって帰ってきた。

そんなわけで、ここ一年、我が家のお茶のテーブルは、かつてない充実ぶりを見せていた。

変わった姉と、その雇い主のおかげで、わたしは週に二、三度は、非日常的に贅沢《ぜいたく》なお菓子に恵まれた生活を送っているのだった。

ふだんのお茶に使うのは、スーパーで手に入る、ふつうのお菓子。スナック菓子や、お徳用の袋入りクッキーや、かりんとうやなんか。

それだって、ぜんぜん悪くはないけれど、姉のバイトのあった日には、これがいきなりレベルアップした。

ふわふわのワッフル。リッチなチーズケーキ。瑞々《みずみず》しいフルーツタルト。とろけるような豆大福。利益率を無視し気味のお菓子は、文句なしのおいしさだった。

このときばかりは、何でそんなバイトを、とあきれたことも忘れて、姉の不審行動がもたらしてくれた、甘い余慶《よけい》に浸ってしまう。

給料の安さに文句をつけつつも、まあ、このバイトもなかなか悪くないんじゃないかな、なんて考え直してしまう。どうやらわたしは、自分で思っていたよりいいかげんな人間らしい。

——変人も、そんなに悪くない。

お茶のたびに、わたしは変人諸氏を少し見直すのだった。

お金にならない活動を生活の中心にしていたり、熱心にやっている人って、変人って呼ばれることが多いけれど、それは、多くの人に理解が及ばないってだけのことで、ひょっとすると、そういう活動には、かかわった人にしかわからない楽しみがあるのかもしれない。

わたしはその楽しみのおこぼれをもらって、やっぱり楽しくなる。伝染する楽しみ。これって、かなりすてきだ。

チョコレートのかかったドーナツをかじりながら、わたしはいつの間にか、灰色の人生について考えることを忘れていた。

4

昼休みは、さりげなく恐ろしい時間だ。

ふだんはとくに目につくことのないクラスの勢力図が、あからさまになる。

誰が重要人物で、誰がそうではないか。それはもう、はっきりとわかりやすい図式になって見えてしまう。

教室のあちこちに散らばった、机の浮島。隅《すみ》っこで小さくまとまっている子たちより、堂々と場所を取っている子たちのほうが権力を持っていることは言うまでもない。

さらにそれぞれのグループのなかにも、上下関係があって、机と平行に座っている子は、グループ内で発言権を持っている子、寄せ合わされた机の隅っこに、ちょこんと席を置いているのが、そうではない子だ。

良い場所と、悪い場所。自然と位置が決まっていくのは、生存圏を争う生物のセオリーどおりだ。生物であるわたしたちは、冗談めかした笑顔の裏で、そのじつ、けっこう本気で、他人より、より居心地の良い場所を確保しようと牽制《けんせい》し合っている。

どこで誰とお弁当を食べるかなんて、そんなこと、どうでもいいじゃない。ばかばかしい。姉なら、そんなふうに一蹴《いっしゅう》するだろう。

だけど、それは部外者だから言えることだ。なにしろ、わたしは当事者なんだから。わたしだけじゃない。みんな、お昼時にひとりになるのが怖くて、ひとりじゃなくても軽く扱われないように、常日頃から地道な関係工作に励《はげ》んでいる。

うまい子も、不器用な子も、それなりに。

重要なのは、いつも一緒にいる誰かをつかまえておくこと——定位置を確保することだ。ほんとうはあんまり好きじゃない相手に、いかにも友だちっぽくふるまうのも、そのため。振られた話題には何はともあれ、進んで乗っかるのも、そのため。

ほんとうのところ、まったく同意できない意見にも、そうだよね、って話を合わせなきゃ機嫌が悪くなる相手なんて、一緒にいたって、ぜんぜん楽しくない。テストの点をしつこく聞いてきて、勝手に優越感に浸ったり、見下したりする子も、ものすごくうっとうしい。

だけど、ひとりでお弁当を食べて『かわいそうがられる』のはもっと嫌。

こういうのって、結局は自分のプライドを守っていることになるのかな。とにかく、わたしは良くも悪くも目立たずにいたかった。無難にやっていきたかった。そうでないと、安心して学校生活が送れなかったから。

結城《ゆうき》さんとは違って。

結城さんは、みんなの事情と思惑が複雑に交錯《こうさく》する昼休みの教室で異彩を放つ、かくれもないクラスの異端者だった。他の子たちと一切かかわらないというのじゃないけれど、基本的に彼女はいつもひとりでいて、ひとりで行動していた。

当然、いまもひとりでお弁当を食べている。話し相手もなく、壁際の自分の席で。

わたしなら、間違いなく登校拒否になってしまいそうな状況だったけど、彼女は平然としていた。ただそこに、シンプルに存在していた。

——何で平気なんだろう。

不思議でたまらなかった。

美少女だからか?

学年屈指《くっし》の『できる子』だからか?

そんな彼女は、ひとりでいても、孤独感や卑屈《ひくつ》さといったものを、みじんも感じさせなかった。まるで、一輪挿《ざ》しに生けられた花——どころか、腐食《ふしょく》に強い金属のように、『圧倒的に安定』な存在だった。

変な譬《たと》えだけど、ほんとうにそんなふうに見えた。

そんな結城さんは、わたしの心を、ときに思い出したように波立たせた。

それは自分とはあきらかに違う人に対する興味のせいだったのかもしれないし、彼女のありようが、わたしの心の奥底にある何かを刺激するからかもしれなかった。

ようするに、わたしにとって結城さんは、異質ながらもときどき横目で確認せずにはいられない、気になる存在だった。

そして、彼女の姿を確認するたびに、わたしは複雑な気持ちを抱いた。

憐《あわ》れみと羨望《せんぼう》。

同情混じりに、ああはなれないな、と思う一方で、その潔《いさぎよ》いほどの独立ぶりには、やっぱり憧《あこが》れた。

自分にはできもしないってわかっているくせに、ちゃんとひとりで立っていられる――というか、自分がしたいようにできてしまう、結城さんの強さがまぶしかった。

結城さんは、嫌々そうしているのではないはずだった。

彼女には自分の望むやり方があって、きちんとそれを選択している――そうとしか思えない落ち着きぶりだったからだ。

どんなときにも冷静な結城さんは、わたしにとって、どうしたって見過ごしにはできない謎だった。

何より、思いきりのよすぎる孤立状態にあって、少しも不安そうでないところが。

その秘訣《ひけつ》は――いったい何なのだろう。

わたしはひとりでやっていきたいなんて少しも思わなかったけれど、そうできる秘密については興味があった。正直に言うと、知りたくてたまらなかった。

といって、彼女とお近づきになるのはかなり難しかった。

わたしがグループに所属している、ふつうの女子だったからだ。

入学後、しばらくは変動があった友だち関係も、いまではすっかり決定的になり、固定化していた。

グループのメンバーは、内輪の誰かがグループ以外の人と親しくするのを嫌がる。というのも、それを黙認すると、いずれグループ内の均衡《きんこう》が危うくなるからだ。

そうなると、これまでなじんできたやり方を変えなきゃいけなくなる。グループの人数が奇数になりでもしたら、大問題だ。平和が失われる。

メンバーは、増えても減ってもいけない。身の回りの安定を崩そうとする者を、女子はとことん嫌う。グループというのは一種の囲い込みだ。内部の安定が何より重視される都合上、そんなふうに排他的になってしまうのはしかたがない。

つまりは、いま一緒にいる友だちともめごとになるのが怖くて、うかつに反グループ主義を体現しているみたいな結城さんに近づけなかったのだ。

ところで学校には、この『女子グループの制約』を受けない人たちも、もちろんいた。

たとえば、男子だ。

孤高の女王、結城さんにかかわろうとする男子は、クラスの内外を問わず、定期的にあらわれた。

彼らは、結城さんとの『おつきあい』を望み、その栄光を手にするために、果敢《かかん》に挑戦を試み続けた。先駆者の失敗に学ぶことなく。

つまり、いきなりの告白に及ぶのだ。

結城さんはもてた。

わたしが知っているだけで、すでに六人の男子が彼女に恋心を告白し、しかし自然の摂理のような流れでふられていた。

情報通の橋本《はしもと》さんによると、『お互いによく知らない相手とつきあっても、余計に嫌いになるだけだから』というのが、結城さんの決まった断り文句なのだそうだ。

なんとなく傲慢《ごうまん》に聞こえるせいか、ひょっとしたら結城さん自身への反発心のせいか、この発言のせいで、一時、結城さんは一部の女子たちの不興の的になった。

だけど、わたしはそうは思わなかった。

ひそかに、すごく真っ当な言い分だなあ、と感心した。

つきあいながらお互いを知ってくっていう方法もなしではないだろうけれど、安全志向のわたしとしては、恋愛関係にいたるまでに、堅実に段階を踏みたがる人の気持ちのほうが、よっぽどよく理解できた。

——だけど、結城さんって、そういうキャラクターだったっけ。

安全志向なんて、彼女にはちっとも似合わなかった。

きっと、使った言葉は同じでも、彼女の発言の意図は、わたしが思うのとはぜんぜん違うところにあったに違いない。結城さんに限って、臆病《おくびょう》さや自信のなさが、行動の理由になるとは思えなかった。

ところで、結城さんに心構えの甘さを指摘され、ことごとく失恋の憂《う》き目をみた男子たちだったが、じつのところ、結城さんに恋をするのに、中身まで知る必要はなかったという事情は、それはそれでわからなくもなかった。

結城さんは、その外見が持つ威力だけで、いきなり男子高校生を恋に突き落とすことができるくらい、きれいだった。

くっきりした目鼻立ちに、お人形みたいに癖のない黒髪。ほとんど動くことのない表情が、かえって絵に描いたようなクールビューティーを実現していた。

さらに、中身まで、文句なしにクールビューティー。

結城さんは、気位の高い女王みたいだった。

誰も近づいてはならぬ。

結城さんについて、断片的な情報を得るたびに、ますます彼女の謎は深まった。悪意ならともかく、善意をもって近づいてくる人まで寄せつけないなんて、

――どうして？

小心者のわたしには想像もつかなかったから、余計に気になった。

興味は人をめざとくする——ものらしい。

いつしかわたしは、女王に身の程知らずの恋する羊飼いのように、結城さんの挙動を気にするようになっていた。もちろん、遠目に、影ながらに、こっそりとだ。

ひたすら『平穏無事』だけを生活信条にしてきたわたしが、ここまで他人のすることに関心を持ったのは、小学校低学年のとき以来だった。

あの頃は、嫌な子も多かったけれど、そばにいるだけで楽しいっていうような子も、けっこういた。遊びのアイデアは無尽蔵《むじんぞう》で、仲のいい子と一緒にいると、あっという間に時間が過ぎた。

いま思うと、我ながら馬鹿《ばか》っぽい子供だったなあと苦笑してしまうけれど。

わたしはもともと、ちょっと変わった人が好きなのかもしれない。

じっさい、結城さんは変わっていた。個性が爆発していた。十五、六歳の女子とは思えないほど飄々《ひょうひょう》としていた。これまで生きてきて、わたしは彼女に似た人を、他に知らなかった。

とはいえ、入学からおよそ九カ月たっても、彼女についてわたしが知っていることは、じつはほとんどなかった。

ひとりでいることが好きらしい。

成績がとても良い（入学式のとき、新入生代表のあいさつを務めたのは、彼女だった）。

運動もけっこうできる（平均台や跳び箱の授業では、よくお手本に指名された）。

電車通学をしている。

部活には入っていない。

知っていることといえば、この程度。だけど、遠くから眺めているだけでは、新たな知識が増えるはずもなく、わたしと結城さんは教室の端と端に分かれて、ときを過ごした。

同じ教室にいても、かたくなにひとりで行動する彼女と、いつもグループのメンバーに囲まれているわたしには、接点がなかった。

近づく理由も、声をかけるきっかけもなかった。もちろん日常会話もしない。

おはようとか、バイバイじゃなくて、昨日何してた？　とか、課題できた？　とか、そういうやつ。

相争う一族の末裔《まつえい》同士というわけでもないのに、わたしたちはまるでお互いの間に見えない壁があるみたいに、かかわりを持てずにいた。

かろうじて帰る方向が同じ――というか、同じ路線を利用しているという接点がなくもなかったけれど、部活に入っていない彼女とは、そもそも帰る時間が違っていて、それも意味がなかった。

そんなわたしが、思いもかけず、結城さんの意外すぎる一面を知ることになったのは、期末試験が終わって間もない頃——十一月の、第四土曜日の夕方、紙袋いっぱいの本の重さに腕を痺《しび》れさせながら、柿林駅《かきばやし》をめざして歩いていたときのことだった。

わたしは、道路の向こう側、駅にほど近いバス乗り場に何気なく視線をやって、はっとした。

そこに、結城さんがいたからだ。

休日の夕方、中途半端な時間だったせいか、バスを待っている人は他に見当たらなかった。そのせいで、バス停で、ぽつんとひとりで立っている彼女の姿が、余計に鮮やかに目に飛び込んできた。

私服を着ていたけれど、ちゃんとわかった。

彼女は間違いなく、結城さんだった。四車線を隔《へだ》てて、さらに道路にはひっきりなしに車が行き交っていたけれど、見間違えたりはしない。

たとえば、背中の半ばで切りそろえられた、まっすぐな黒髪。

均整の取れた身体《からだ》をすらりと伸ばして、舞台女優のように美しく立つところ。

顔の半分は白いマフラーに隠されていたけれど、結城さんの美少女ぶりは隠しようもなかった。Ａラインの赤いコートが、ものすごくよく似合っていた。

見慣れた制服姿じゃないせいか、いつもとは少し、雰囲気が違っていた。何だかそわそわしている。しきりに腕時計を確かめて、時間を気にしているそぶりだった。

わたしはちょうどはす向かいに設置されている、逆方向行きのバス乗り場のベンチに腰かけた。

それから、紙袋をベンチの上に置いた。荷物の重さから解放されて、痺れていた手に、たちまち血流が復活した。生き返った。ほんとうに棒のようになっていた足にも、種々の感覚が戻ってきた。

——ああ疲れた。

今日は一日、柿林町の本屋を物色して、歩きっぱなしだったのだ。

ちょうどよかった。このままここで、ちょっと休んでいこうと思った。

荷物の重さや、足の疲れに耐えかねたからというのもあったけど、しばらくバスを待っている結城さんを眺めていたかったというのが、休憩する気になった主な理由だった。

先に、結城さんのほうのバス停に、バスが到着した。ドアが開いて、また閉じる。

ウィンカーが切り替わり、大きな車体を震わせて、ふたたびバスが動きだした。石炭色の排気ガスを巻き上げながら走行車線に出る。

わたしはそれを見送って、また、バス停に視線を戻した。

驚いたことに、結城さんはまだそこにいた。

――あれ？

結城さん、何でバスをやり過ごしちゃったんだろう。

わたしは結城さんの不思議な行動に首をかしげたけれど、その答えはたいした時間を置かずにあきらかになった。

バスが行ってしまったあと、間もなくあらわれた、一台の高級車によって。

バス乗り場の少し手前で速度を落としたその車は、流れるような動作で車線を変え、結城さんの目の前で止まった。

ドアが開く。降り立ったのは、四十歳くらいの男の人だった。

そして次の瞬間。

わたしは驚きのあまり、あっと声をあげそうになった。

車を降りたその人が、結城さんの肩に、親しげに手をまわしたからだ。

結城さんは彼を見上げて、にっこり笑った。そして、彼が開けたドアから、車のなかにするりと乗り込んだ。

「うそ……」

わたしは呆然《ぼうぜん》としてしまった。なんだか、現実とは思えないような光景だった。

結城さんを乗せた高級車は、やがてあらわれたとき同様、なめらかな動きで車道に移動して、他の車の列に紛れていった。

結城さんを連れ去った人は、物腰柔らかで、やさしそうな顔をしていた。あきらかにハンサムの部類だと思った。だけど、なぜだか好感は持てなかった。このさい、わたしの好みはぜんぜん関係ないんだけど。

わたしはかけていたベンチから、ふらふらと立ち上がった。

収まりの悪い気持ちを整理できないまま、にわかに急に吹きはじめた寒風のなかを、のろのろと歩きだした。

土曜の夕方。おしゃれした結城さん。迎えに来たのは、高級車に乗った男の人。

——あれ、デートだよね、どう見ても。でも、まだ高校生なのに……。

ずいぶん年上の恋人を持っているらしい彼女に、わたしは慄然《りつぜん》とした。やはり結城さんは、底の知れない女子だと思った。

5

「これから、時間ある？」

部活を終えて下足場に駆けだそうとしたところで、突然、声をかけられた。

声の主を確かめるまでもなく、わたしの心臓《しんぞう》は、どきりと鳴った。

結城《ゆうき》さんだった。

「どうかな、時間」

ぼんやりしているわたしに、結城さんは質問を繰り返した。

時間は——なかった。

グループの子たちと、カラオケに行く約束をしていたからだ。これから梅山《うめやま》駅の構内で落ち合うことになっていた。

携帯が鳴った。液晶の上に、わたしを急《せ》かせる、九把原恵美《くわばらえみ》のメッセージが表示された。

——ああ、もう。わかったってば。

急いで返信するわたしを見て、結城さんが言った。

「用があるなら、いい」

結城さんは、メールの相手や内容を聞くでもなく、あっさりと身体《からだ》の向きを変えた。

すると、かえって気持ちが焦った。いまを逃したら、二度と彼女と話す機会は巡ってこないんじゃないかという気がしたのだ。じっさいは、ぜんぜんそんなことないのに。何なら、後日、こちらから話しかけてもいいのに。

なのに、あとになって悔やむようなことをしでかしてしまうときって、こんな感じ。余裕を失《な》くして、後先を考えない。

確かに、そのときのわたしは、すっかり冷静さを——もっといえば、判断力を欠いていた。

——どうしよう、行かないで。

結城さんが話しかけてきた——そんな、夢にも思わなかった、ありえない展開に、わたしは完全に舞い上がっていた。こうなると、かねてからの興味が、義理に勝つのは必然だった。

すでに階段を半ばまで下りかけていた結城さんに、わたしはあわてて呼びかけた。

「待って」

結城さんが振り向いた。

ああ、わたしはこの人に、どうしてこんなに惹《ひ》きつけられるんだろう。

外見がすてきだから、というのはもちろん理由のひとつではあったけれど、絶対にそれだけじゃなかった。

顔立ちのきれいな子は、他にもいる。だけど、彼女たちのことは、べつに気にならない。

「大丈夫。時間、あるから」

わたしはあわてすぎて、危うく舌をかみそうになりながら、結城さんを引き止めた。


結城さんは、にぎやかな商業施設とは無縁の、小さな駅で電車を降りた。

改札を出ると、もう、ふつうの住宅街だった。普段、わたしたちが遊んでいる場所とは似ても似つかない、地味な景色。あたりは眠ったような静けさに包まれていた。

いつも音楽を流しっぱなしにしているCD店もなかったし、腰を落ち着けて時間をつぶすためのハンバーガーチェーンや、ドーナツショップもなかった。

灰色の空からときどき舞い落ちてくる雪の粉が、ぽつぽつと頬《ほお》にあたった。

吐く息が白い。日暮れが近くなるのにしたがって、だんだん空気が冷え込んできたみたいだった。

でも、あまり寒いとは思わなかった。結城さんと並んで街を歩きながら、その現実感のなさに、まるで夢を見ているみたいだと感じていた。

――どうして急に話しかけてきてくれたんだろう。

好奇心と、未知への期待がぐるぐると頭のなかで渦巻いて、落ち着かなかった。

結城さんは間もなく本通りをそれて、脇道に入った。細い通路を何度も折れていく。たどり着いたのは、古ぼけた——たぶん、本屋だった。

間口はほんの三、四メートルほどで、入り口の脇に『本』という看板が出ていた。そこが本屋だと思った根拠は、ひとえにその、木の板に手書きされた本という文字のせいだ。だけど、その看板は正確じゃなかった。

入り口のドアを開けたとたんわたしたちを出迎えたのは、本の匂いではなく、コーヒーの香りだった。一応、本棚は備えつけられていたけれど、新しい本なんか、一冊もない。どう見ても、本屋というよりは喫茶店だった。おもてにかかっていた看板は、業務内容を示すものではなく、どうやら店の名前らしかった。

変な看板のせいで肩透かしを食らった。

でも、香ばしいコーヒーの匂いはすてきだった。

わたしたちは、年季の入ったテーブルに、向かい合わせになって座った。店が狭いせいで、壁際の本棚に並んだ本に、座ったままで手が届きそうだった。

古本、煤《すす》けた天井、意外にきれいに磨き上げられた床や家具。文豪《ぶんごう》の幽霊が住みついていてもおかしくなさそうな喫茶店だった。たぶん、文豪は喫茶店に住みついたりなんかしないだろうけど。

それでもあえて、そんなふうに表現したくなるような異次元ぶりだった。

「ここ、いいでしょ。静かで」

そんなふうに声をかけられて、わたしはあわててうなずいた。

ほんとうに静かだった。狭くて窮屈《きゅうくつ》、じゃなくて、狭さが変に落ち着くといったたぐいの店。本棚と、椅子《いす》と、テーブルと、調理コーナーがそれぞれのあるべき場所に、きちんと納まっていた。

「この時間は、いつも空いてるの。貸し切りみたいでしょ」

どうやら結城さんは、この店の常連客らしかった。とても女子高生の憩《いこ》いの場とは思えない渋さだったが、それも、結城さんだから、と思えば簡単に納得できてしまう。

たとえば、臙脂《えんじ》色のビロードが張られた椅子などは、結城さんのために誂《あつら》えられたみたいに、彼女の風貌《ふうぼう》にしっくりくりとなじんでいた。

髪を夜会巻きにした女の人が、注文を取りに来た。結城さんは彼女に「紅茶を」と答え、「あなたは？」と、わたしに訊《き》いた。

ふたりぶんの紅茶は、まったく飾り気のない白いポットに入ってやってきた。小玉西瓜《すいか》くらいある大きなポットに、カップがふたつと、クリーム入れが添えられている。

結城さんはさっそく、湯気の立つ紅茶を、ふたつのカップに注ぎ入れた。そのうちのひとつをわたしの前に置いてから、自分のぶんにクリームを足した。

それをスプーンでかき混ぜながら訊いた。

「小野《おの》さん、一昨日、向かいのバス乗り場にいたよね」

ここにいたってやっと、わたしは結城さんに声をかけられた理由に思いあたった。

——ああ、口止めだったのか。

あのとき、結城さんのほうでもちゃんとわたしに気づいていたらしい。

考えてみれば、ぜんぜん不思議なことじゃなかった。

いくら交通量の多い時間帯だったとはいえ、その気になれば、ごく見通しのいい場所だ。

そんなところで遠慮のない視線をぶつけられたら、見られてるって気づいたってちっとも変じゃない。むしろ、気づく方が自然かも。

なのに、あのときのわたしは——というか、ついさっきまで、そんなあたりまえのことに、まったく考えが及んでいなかった。

——結城さんはきっと、あの人とつきあっていることを口外されたくないんだ。

わたしはあの、高級車の彼氏の横顔を思い出しながら考えた。

——なんたって、まだ高校生なんだし。

相手は大人だったし、学校に知られたら、やっぱり厄介《やっかい》な問題になりそうだった。

もちろん、わたしのほうは、はじめから、誰かに言いふらしたりするつもりはなかったけれど。だけど、もし、わたしが結城さんの立場だったとしたら？

不安になるのもわかる。

それにしても、古本のある喫茶店で口止めを切り出すなんて、なんて優雅な人なんだろう。ふつうの高校生ならそういうとき、とりあえず体育館裏に呼び出したりするものなんじゃないだろうか。いや、それは脅迫を目的としている場合かな。

紅茶をかき混ぜる結城さんの手許《てもと》を上の空で見つめながら、わたしは早口に言った。

「わたし、言わないよ」

結城さんは、ふせていたおもてを上げて、わたしの顔をじっと見た。

「やっぱり、見てたんだ」

「うん」

「何だか小野さんに似てるなあって思ったんだけど、やっぱりそうだったのね」

わたしは思わずまばたきをした。

「似てる？」

「ええ。あのときは小野さんだっていう確証を持てなかったから」

「そう、なんだ？」

わたしはまごついた。

――口止めじゃ、なかったの？

「わたし、軽い近眼なの。教室では眼鏡をかけているけれど——休みの日とか、とくに必要のないときはかけないでいるの。だから、遠くのものはちょっとぼやけて見えるんだ。それで、いちおう確かめてみたの。そう、やっぱり小野さんだったの。

昨日は思いがけないところで見かけたから、びっくりしちゃった。すごい荷物だったよね」

結城さんの話があまり口止めっぽくないことに戸惑いながらも、わたしはとりあえず、あのとき持ち運んでいた荷物について説明した。

月に一度の本屋めぐり。

書店や、古本屋を回って、漫画本や文庫本を、お小遣いの許す範囲で、頭痛がするほど厳選した末に購入する日。好きなシリーズのこと。楽しみにしている物語。最近読んだ、ぐっとくるエピソード。

学校では絶対に話すことのない、偏《かたよ》った話題だった。こんなこと、訊かれでもしなければ、とてもじゃないけど人に話せない。

話題の濃さと人数って、確実に反比例する。

話の輪に参加する人が多くなるほど話の中身が薄まって、内容がなくなっていく。いってみれば、話が最大公約数化する。

だけど、それはべつに悪いことじゃなくて、社交の必然だ。

大勢がまとめて何かに参加するためには、ある程度、個性を消す必要がある。よく、心を開いて『みんな』にとけこめっていうけれど、社交って心を閉ざして、型どおりにふるまってこそ成立するものなんじゃないかと思う。

あたり障《さわ》りのなさとか、予定調和って、安心の要素だ。よく知らない相手でも、その種の共通認識さえあれば、なごやかに乗りきれる。

平和なお芝居の共演者として。

逆に、ポピュラーな話題のストックがなかったり、それを『楽しんでいるふり』ができないと、きつい。

とりあえず、ダイエット、美容と、芸能界。あとは、流行りの何かか、食べ物の話。このさい、会話に実を求めるべきじゃない。

そんな、おなじみの社交の公式から思いがけず解放されることになって、ごく私的な言葉が、どんどん口をついて出た。

次、何を話そうか。

それって適切な発言？

相手を退屈させていない？

なんて、自己検閲《けんえつ》にかける必要のないおしゃべりは、とても気分がよかった。

「趣味の買い物は、ひとりでするに限るんだ」

と、わたしは言い、

「言えてる」

と、結城さんがうなずいた。

話しながら、わたしはいつの間にかまた、高級車の彼氏のことを忘れていた。

ずいぶん好き勝手にしゃべり散らしたけど、結城さんは一度もわたしに不機嫌な顔を見せなかった。

それ意味わかんない、なんていちども訊き返されなかったし、そんなこと、あるわけないでしょ、なんて頭から否定されることもなかった。言いたいことが、簡単に通じた。打てば響くように言葉が返ってきた。

夢中で話し込んで、ふと、窓の外を見ると、もう真っ暗になっていた。

細い路地に落ちた街灯の明かりが、橙色《だいだい》ににじんでいた。

「この店、よく来るの？」

「ときどきね。いま、うちには本が一冊もないから。心が弱ったときとかね、古い本に囲まれてると、気持ちが落ち着くの」

――心が弱る？

ふだん聞きなれない言葉をさらりと口にした結城さんに少し驚いて、わたしは彼女の顔に目を遣《や》った。

「心が弱るなんて。そんなこと、あるの？　結城さんともあろう人が」

　思わず訊いてしまった。わたしの態度があまりに真剣だったからか、結城さんは思いきりあきれ顔になった。

「結城さんともあろう人が……って、小野さん、わたしをいったい何だと思ってるの？　悩み多き年頃の、しがない未成年だよ」

「それはそうだけど」

　そうじゃないと思ってた。

　いつも冷静で、美しく背筋を伸ばしている、クールな女王、結城さんに限っては。

「小野さんはそういうことないの？　ないわけないよね。人間だもん。心が弱ったとき、どうしてる？」

「わたしは……お姉ちゃんに愚痴《ぐち》る、かな」

　それからわたしは、変人風味の姉のことや、夕食後のお茶のことや、仕事が忙しすぎてほとんど家に帰ってこない父の話をした。

「ふうん、忙しい人なんだね、お父さん。だけどそんなで、お母さんともめたりしない？」

「もめないよ。うちはお母さん、いないから。わたしが小さいときに亡くなったの」

　つるりと口を突いて出た言葉。言ってしまってから、はっとした。

　自分から母の不在を明かしたのは、いつ以来だろう。十歳になる頃にはもう、母親を亡くしたことを、意識して隠すようになっていた。誰であろうと、他人と私的な感情を共有するなんて不可能なんだって、学習したからだ。わたしは、通り一遍《いっぺん》の同情や慰《なぐさ》めなんて、欲しくなかった。

だから、個人的な事情は誰にも言わずにきた。言わなければ、ないことにできる。少なくとも、その人とのあいだでは、そういうことにしておける。

わたしは、思ってもみなかった行動に出た自分に内心であわてながら、結城さんの反応を盗み見た。よく知らない子に、いきなり陰気な話を持ちだされて、困らせてしまったんじゃないかと心配になったのだ。

「そう、」

結城さんは表情の読めない顔で言った。それからつけ加えた。わたしがしたのに負けず劣らずの、重たい告白だった。

「うちもそうだよ。お父さん……わたしが中三のとき、だった」

「そっか……」

わたしはぼうっとしながら、相づちをうった。

不用意に打ち明けてしまったわたしの秘密。ほんの少しあきらかになった、謎の美少女結城さんの家庭の事情。いっときに起こったいろいろなことに気持ちが混乱して、頭のなかがうまく整理できなかった。

　そんなわけで、わたしは結城さんに意外な身の上を明かされても、どうとも反応できなかった。気の利いた返事をするどころか、感想自体、何も浮かんではこず、真っ白な頭で、ただそうなのかと思った。


　結城さんとは、柿林《かきばやし》駅のホームで別れた。学校からいちばん近い、特急が止まる駅だ。車内アナウンスが駅の名前を告げ、結城さんが立ち上がった。

「じゃあ、またね。うち、この近くなんだ」

「うん」

　ドアが開くと、車内から一斉に人が押し出された。入れかわりに、ホームで待っていた人たちが乗り込んでくる。

　窓の向こうで、結城さんが手を振った。

　わたしは手を振り返す。

　結城さんの制服の背中が、たちまち人ごみに紛れていく。わたしはそれを、走りだした電車の窓から、完全に見えなくなるまで目で追っていた。

　結局、何で誘われたのか、わからずじまいだった。結城さんは、わたしと一緒にいたあいだ、彼氏のことには一度も触れなかったからだ。

あんなにたくさん話をしたのに、ひとことも。

わたしは楽しそうに話す結城さんの顔を思い出しながら、単調に繰り返される、レールの音を聞いていた。

そして、何かに騙《だま》されたような気持ちのまま、帰宅した。

6

現状を維持するため、赤の女王は走り続ける。

女王さながら、必死で走り続けていたわたしがついにつまずいたのは、その翌日のことだった。

恵美《えみ》におはようと声をかけたとき、早くもその兆候はあらわれていた。

彼女は、わたしのあいさつに応じることなく、すっと視線をそらせたのだった。

以後、グループの人数分、それと同じ体験をすることになった。他人事《ひとごと》としてだけど、何度も見てきたことだから、何が起こっているのかすぐにわかった。

——まずは、村八分。

わたしがよく知っている『女子のやり方』だった。余裕で学生時代を乗りきるつもりでいたのに、なんてことだろう。うっかり、しかし、決定的なミスを犯してしまったらしいことは、もはや疑いようがなかった。

心当たりはひとつしかない。

昨日、恵美たちとの約束を土壇場《どたんば》で断ったことだ。

断りのメールは、ちゃんと入れた。

『ごめん、急用ができた。今回はパスさせて。今度、埋め合わせはするからね』

急いで送って、それきりになっていた。いつもと違うことが次々に起こって、心がそわそわして、恵美たちのことは何となく、そのまま放ったらかしにしていた。

――大失敗。

フォローのメール、入れておくべきだった。それで、具体的に次の約束をしておくべきだった。もちろん恵美の行きたいところを優先して。


そして、昼休み。わたしは、自分の定位置が、ふたりのメンバーに詰められて、存在しなかったことにされているのを、泣きそうになりながら確認するはめになった。

恨みの気持ちはわいてこなかった。

逆の立場だったら、わたしもきっとそうしたに違いないから。

わたしは自分の立場をだんだん自覚しはじめていた。

グループ内において、中心人物を怒らせたのは致命的な失敗だった。

メンバー全員が、彼女の意思に追随《ついずい》する。彼女が正しいからじゃない。それがいちばん楽なやり方だからだ。

一方、しくじったわたしは悲惨《ひさん》だった。

それまで築いてきた足場は一瞬にして崩壊し、文字どおりに立場がなくなる。何でも作るのはたいへん、壊すのは一瞬、使い古された格言は、こんなところにも生きている。

メンバー内の政変はよくあること。誰かの失敗は、誰かの昇格のチャンスでもある。恵美の不興を買ったわたしは、ただの悪者で、関係の敗者ってだけ。

敗《ま》けた側には当然、懲罰《ちょうばつ》が待っている。

一般的な女子が、学校生活でまず欲しがるものって、安心なんじゃないかと思う。居心地のいい関係や、場所。親しさ。

だから、そういうものを取り上げることが、最も効果的な制裁になる。そうすることで、相手を不安にさせて、簡単に不幸に突き落とすことができる。

女子の嫌がらせが心理攻撃の形をとるのは、それがもっとも順当な方法だからだ。


クラスの人間関係って、ちょっと戦国武将の勢力争いに似ている。

力のない国は、同盟国としてふさわしくない。誰につくのが得策か、損得勘定にもとづく選択の繰り返し。似た境遇の子たちが集まっているように見えても、抜け駆けするチャンスが巡ってくれば、遠慮なく一緒にいた子を切り捨てる。

入学当初は、同じ中学から来た子同士で仲良くかたまっていたのに、新しいグループに所属したとたん、それまでの友だちを完全無視する子を、何人か見かけた。あいさつくらい、してもよさそうなのに、そうしない。

あれは、新グループへの愛の表明なんだろうか。それとも、忠誠の儀式なんだろうか。

そういう非情な子の相棒って、不思議にいい子が多くて、自分を見捨てた友だちが、結局は新しい場所になじめなくて、尾羽《おは》打ち枯らして帰ってくるのをいつまでも待っていたりする。戻ってくる子もいるし、来ない子もいる。片思いが切ないのは、どんな間柄にもいえることだ。

それから、こんなことも。

いつか雨宿りをしているふたり組に、傘を持っている女子グループが声をかけているのを見たことがある。ふたり組の、一方だけに、メンバーは傘をさしだした。

「一緒に入ってく?」

そしたら、声をかけられたほうは、迷わず傘に入った。

「ほんと?　ラッキー」

彼女はそのまま、後ろも見ずに行ってしまった。もうひとりの子は、当然、おいてきぼり。見ていて心が痛かった。

だけど、ついでにその子も入れてあげればよかったのに――というのは、部外者の考えというものだ。そこには微妙な力学が働いている。

たぶんあれは、何らかの悪意の表現だったのだ。片方だけ誘う、っていう嫌がらせ。気分に支配された女子の嫌がらせは、起点も理由もはっきりしないことが多い。

傘に入ったほうの子にしてみれば、自分のことで精いっぱいで、友だちのことは完全に意識の外だったに違いない。自分が選ばれたことに、無邪気にはしゃいでいた。

クラスの有力者に近づきたい。そうしたら目立てるし、人気のある男子とも仲良くできるし、いろいろ得だから、って――たぶん、そんな感じ。

ある種の女の子って、つきあっている人間を自分の価値だと見做《みな》すみたいなところがある。そういうのって、理屈じゃないから、納得できなくて問い詰めたりしても、何にもならない。かえって自分が惨《みじ》めになるだけ。

この手の友情って、ブランド物のアクセサリーみたいだ。

誰もが欲しがるものではないけれど、誰もが持てるものでもない。

積極的に群れたがる女子って、仲間への忠誠心なんて案外、持っていないのかもしれない。団結しているように見えて、基本はスタンドプレー。

昨日までの『友だち』が、新しい友だちの前で、突然シカトの対象になったりする。きっと、グループにこだわる子たちの結びつきは、相手が好きだからっていうより、まわりに対する、立場のアピールなんだと思う。

だから、ノリの悪い子や、見栄えのしない子はいらない。関係の外にいる人に見せびらかして、うらやましがらせるところに価値がある。そんな人間関係。

肝心《かんじん》なのは、こういうこと。

ほら見て、わたしはここで、こんなにうまくやっている。

わかる。すごくわかる。

だけどわたしは、キラキラした立場なんて望まない。見せびらかすのも、自慢するのも、あんまり好きじゃないから。

ただ、身の回りの平和が確保できればそれでいい。ほんとうはそれだって、手に入れたり、維持するのはけっこうたいへんなんだけど。

とにかく人って面倒くさい。相手を独占したがったり、依存したり、偉ぶったり、ちょっとは平和に協力してよと、文句を言いたくなるほどわがままだ。

中三のときのクラスに、いつ、何に腹を立ててるのかよくわからない子がいて、刺激しないようにひたすら発言に気を使った。それでもやっぱり、しょっちゅう言いがかりをつけられていたけれど。

けんかしているメンバーのあいだに立ったときには、両方から泣き言と罵詈雑言《ばりぞうごん》を聞かされるはめになった。冗談抜きで『あいつ、死ねばいいのに』とか言いだすので、こちらがおろおろしてしまう。

わたしが後白河上皇《ごしらかわじょうこう》並みに自分の立場作りにアグレッシブになれたら、ふたりを源氏と平家のように手玉にとって、自身は被害を蒙《こうむ》らないように、うまく立ち回れたのかもしれないけれど、さすがにそんなふうに器用にはやれなかった。

それでも、極力、穏便に収められるようにがんばった。その結果、両方から日和見主義《ひよりみ》者という捨て台詞《ぜりふ》をぶつけられた。

気に入らない相手には嫌み。ひどくなると無視。おもてだってけんかしない代わりに、緊張状態が発生する。

なんでもいいから早く謝って、この緊張状態を片づけてしまいたかった。

だけど、いまはだめ。

感情がなまなましいときそれをやると、かえってこじれることを、わたしは経験上、知っていた。

他のグループの子たちの視線が痛かった。そのなかにはきっと、結城《ゆうき》さんの視線も混じっているはずで、それを思うと、ほんとうにいたたまれなかった。

でも、結城さんはそんなわたしに、声をかけてきたりしなかった。

不謹慎だけど、すごくありがたかった。

この期に及んでわたしはまだ、昨日までの日常に復帰することをあきらめていなかったからだ。

ここで結城さんに声をかけられでもしたら、完全にその芽が断たれてしまう。わたしは友だち難民になってしまう。それが怖かった。

一緒にいて楽しい人より、内心、嫌なとこだらけだと思っている集団に執着するなんて、自分でも馬鹿《ばか》だと思うけれど、やむにやまれぬ理由があるのだから仕方がない。

性格のせい。

わたしはどこまでも臆病《おくびょう》だった。安心を約束してくれる立場が欲しかった。みんなと同じようにさえしていれば、まわりが認めてくれるからだ。自分の意に沿わなくても、構わない。安全が最優先だ。

その点、自分なんかよりも、まわりの判断のほうがよほど信用できる。何が正しくて、何が正しくないのか。わたしは、いつもまわりの反応からはかってきた。

そうやって、要領よくたちまわっている自分に安心していたかったのだ。

わたしはお弁当を開くことなく、教室を出た。行くあてもないくせに、早足で廊下を進んだ。

歩きながら、頭のなかを、ただひとつの考えでいっぱいにしていた。

――どうしよう。前みたいに平和な日常に戻るのには、どうしたらいい？

7

ここ一週間、そのことばかりを考えていた。

おかげで、ぜんぜん元気が出なかった。

外では完全に感情を繕《つくろ》えるわたしだけど、家にいるとどうしても気が抜けて、ぼんやりとしてしまう。

姉はわたしの不調に何となく気づいているようだったけど、何も訊《き》かなかった。

わたしが何も言わなかったからだ。

身内って不思議だ。うまくいっていることよりも、そうじゃないことばかりが目につくらしい。他人が相手だったら、逆にうまくいってることばかりが目について、やきもちをやいたり、うらやんだり、違う方向で気になるものなのに。

何も訊かない姉は、紅茶を淹《い》れながら、冷蔵庫からケーキを取りだしながら、自分の話ばかりした。

いまやっている実験のこと。

延々とり続けたデータに、前提の間違いがあって、ぜんぶ無駄になってしまったこと。

そのせいでなかなか進まないレポートのこと。

同僚のこと。

大槻《おおつき》さんのこと。

ほとんど毎日やってくる、変わった常連客のこと。

姉のとりとめのない無駄話と、そのつどお茶のお供に登場する、おいしいお菓子が、日々のささやかな慰《なぐさ》めだった。

木曜日はチョコレートケーキ。

生チョコクリームに、キルシュ漬けのチェリーが挟んである。表面にかかった削りチョコと対《つい》をなす、生地のやわらかな食感がたまらない。

金曜日はアーモンドケーキ。

スポンジにアーモンドプードルがたっぷり焼き込んである。ヘーゼルナッツのクリーム。とても香ばしいケーキ。

土曜日はコーヒーケーキ。

生地とアイシングがコーヒーで風味づけされている。どちらにも、くだいたクルミがたくさん使ってあった。贅沢《ぜいたく》。

日曜日はバナナブレッド。

甘いバナナの香り。生地はほどよく歯ごたえがあって、あとにかすかなココナッツの風味が残る。なんだか元気の出る味。

月曜日はバターケーキ。

シンプル。だけど、ゴージャスなバターの風味。いい素材が上手な作り手に出会うと奇跡が起こる、という見本のようなケーキ。

火曜日はエンゼルケーキ。粉砂糖で真っ白に飾られた、ふわふわの生地。ほんとうに天使の羽根みたいに軽い。

水曜日はバニラクリームビスケット。しっかりと身のつまったビスケット生地に、甘いクリームが挟んであった。すごくいい香り。


そしてまた、新たな一週間がはじまった。


北校舎の裏側には、冬の荒れ野が広がっていた。吹き荒《すさ》む北風が、落ち葉の破片やちぎれた枯れ草をくるくると巻きあげていく。

低く垂れこめた灰色の空の下、きれいに掘り返されて平らになった畑が、ずっと向こうまで広がっていた。そこは植物研究部の畑――まさに実験フィールドだ。

だけど、いまここに、作業をする人の姿はない。十二月に、それも昼休みに、こんなところに来る生徒なんかいない。

教室のなかに居場所を失ったわたしを別にすれば。

畑に面して、ベンチがふたつ並んでいた。わたしはそのうちのひとつに腰かけていた。寒い。吹きっさらしの場所なのだから、あたりまえなんだけど。

わたしが茨《いばら》の冠《かんむり》を被ることになって、十三日目の、昼休みだった。

状況は依然、膠着《こうちゃく》していた。謝るにしても、言い訳するにしても、向こうは完全無視を決め込んでいて、取りつく島がなかった。

リアルだけじゃない、SNSも同じ。送ったメッセージの返事も返ってこない。完全にシャットアウト。

本人はあずかり知らないことながら、事の発端となった結城《ゆうき》さんは、そんなわたしに『だったら、わたしと友だちになろう』とは、やはり言わなかった。

グループから弾かれたわたしに近づいてくることもなく、同情的なそぶりも見せなかった。いつもと同じに平静で、ひとりで息をしていた。

——あたりまえだよね。

わたしが結城さんだったら、わたしみたいな女子なんかと友だちになりたくない。卑屈《ひくつ》になるのは嫌だけど、わたしはいまの自分が大嫌いだった。

うまくやってるときの自分は、けっこう好き。だけど、素の自分のことは、あまり好きじゃない。わたしは自分の良くないところを嫌というほど知っているし、うまくやれないことが多すぎて、しょっちゅう自分にがっかりさせられているからだ。

今回の失敗にしたってそう。

結城さんとは新しい約束するなりなんなりして、ふつうに恵美《えみ》たちとの約束を優先させればよかったのだ。それなのに、うっかり舞い上がって、この始末。

——もう、ほんとに馬鹿《ばか》なんだから。

出てくるのは後悔の気持ちとため息ばかり。不本意な現状から抜け出せないばかりか、済んだことばかりをくよくよ思い返してしまう自分が、ほんとうに嫌だった。

きっとあのとき、結城さんは何かすてきな勘違いをして、わたしに声をかけてきたのだ。だからいまごろ、幻滅してるはず。声をかけたことも一緒にお茶を飲んだことも、きっと後悔してるに決まってる。

ため息。

そんな寒々とした反省の時間に身も心も凍えそうになりながら、わたしは持参の弁当の包みを開いた。

「小野《おの》、こんなとこでひとり弁当？」

思いがけないタイミングで耳に飛び込んできた人の声に、わたしはぎくりとして顔を上げた。

枯れ草の茂みをわさわさと掻《か》き分けてあらわれたのは、同じクラスの秋津孝《あきつたかし》だった。手に二本、ペットボトルを提げている。そのうちの一本をひょいと投げてよこした。

反射的にそれを受け取って、同じく惰性《だせい》でラベルに目を向けているあいだに、秋津はわたしのとなりに腰かけた。秋津がくれたのは、

――ミルクティー。

なんてべたなチョイスなんだ。

秋津は小学校二年のときに、わたしの通っていた小学校に転校してきた男子だ。以来、ここにいたるまで、経歴的に同じ道筋をたどってきていて、これまでも何度か同じクラスになったことがある。つまり、ふつうの顔見知りだった。

顔見知りというからには、わたしたちは、どちらにとっても、とりたてて特別な存在ではなかった。お互い、ほとんど背景に近いクラスメイトだという認識で、間違っていないと思う。

ただ、彼個人について述べるなら、秋津はありふれた人物だとは言い難《がた》かった。

たとえばこうして、男子にはあからさまに愛想《あいそ》のないわたしに、気安く話しかけてくるところとか。

繰り返して言うが、それはわたしが彼にとって特別な存在だからではない。

そうではなくて、ふつうの人なら照れくさくてできないようなことを、彼は誰に対して

もできてしまう人なのだった。そういう意味で、彼はかなり特異な人間だった。

ただし、相手が女子なら、という但《ただ》し書きがつく。

これって、単なる女好きなのだろうか。

「何でもいいけど、ほっといて」

わたしは秋津にはかまわず、大口を開けてごはんをほおばりながら言った。

じっさい、ひとりにしておいてほしかった。こんなときに顔見知りの男子の慰めなんかいるもんか。

わたしは男子とか恋とかいうものに、関心がなかった。

理由は単純、女子とのつきあいだけで、キャパシティーがいっぱいだったからだ。

快適な学校生活を送るのに、男子とのつきあいは必要ではない。というか、むしろじゃまになる。男友だちがたくさんいる子は、たいがい男好きよばわりされて、女子には避けられる。遠巻きにされる。ひそひそ声が、歩くあとからついてくる。

彼女たちが男好きかどうか、真偽のほどはさておいて、そんなふうに特別な評判は、わたしが理想とする友だちづきあいには障害になりこそすれ、みじんの役にも立たなかった。むしろ、とても不都合だった。それに、どうでもいいところで愛想エネルギーを無駄にしたくはなかった。

仕方がない。

たぶんわたしは、外交に割けるエネルギー量が、そう多くないタイプなのだと思う。

「あいかわらず、近づいてくるなオーラ全開だな」

秋津は自分のペットボトルのふたを開けて、ごくりと飲んだ。その中身は、

――北海道カニ汁！

こっちはぜんぜんべたじゃない。

「もっと肩の力を抜いて、気楽に暮らせば？　あんな面倒くさそうなグループから抜けられて、よかったじゃん。小野にはもっと自由な生き方が似合ってる」

こういうことを、平気で言ってしまえるやつなのだ。

わたしのことなんか、何にも知らないくせに。

「わたしは自由なんか欲しくないよ」

「じゃ、何が欲しいの？」

意外そうに秋津が訊いたので、わたしは言下に言ってやった。

「安定」

「ふうん」

秋津はまたカニ汁をひと口飲んだ。

「だったらさ、小野はこの先、ずっとそれを求めて、オランダ人の亡霊みたいにさまよい

続けるわけだね」

わたしは思わず秋津の横顔に目を遣《や》った。

——何なの？　その不吉な予言。

腹立ちまぎれに言い返した。

「秋津こそ、女子の間をそうやって、無節操にふらふらさまよっていればいいよ。そんなふうに軽薄だと、絶、対、未来の奥さんに愛想つかされるからね。そのときになって安定の偉大さに気づいても、ときはすでに遅かりし——」

せいぜいおどろおどろしく言ってやった。

この少年の、まんざら外れているとも思えない、未来予告に体裁を偽装したわたしの呪いの言葉を——しかし、秋津はあっさりはね返した。

「その心配はないな。だって俺、将来結婚するつもりないもん」

わたしは驚いた。

「え、えっ、なんで？」

「だって、結婚って不自由じゃん。ああいううっとうしい制度の内側にいて、みんなよく息が詰まらないなって、正直、不思議でたまんない」

「だけど、だけど、信頼できるたったひとりの人と、このたいへんそうな人生を励《はげ》まし合って生きていきたいって……思わないの？」

秋津の言うことが理解できなくて、さらにくいさがったわたしに、秋津は冷たい一瞥《いちべつ》をくれた。

「べつに。っていうか、むしろそういうファンシーなこと言ってる小野のほうが謎。自分の両親見てて、そんなのありえないって思わないわけ?」

わたしははっとして口をつぐんだ。

――ああ、そうだった。秋津は、わたしにお母さんがいないこと、知らないんだった。だけど、いまそれをここでそれを明かす気になれなくて、あいまいにごまかした。

「仲がいい夫婦だっているよ。たとえば……そう、うちの両親とか」

余裕たっぷりに言ってやった。残念ながら、その発言は、お弁当のごはんの上にのっている、紫蘇《しそ》漬け梅干しよりも真っ赤な嘘《うそ》だったのだけど。

「まじで?」

だしぬけの大声に、わたしは危うくお弁当をひっくり返しそうになった。

何事かと思いつつ横を向くと、秋津が文字通りに目をまるくして、わたしを見ていた。

「だったら、小野は強運だなあ! ほんとうに? 小野にそんな夢を見させるくらいに仲いいの? なんだ、世の中もけっこう捨てたもんじゃないね」

秋津の意外なくいつきように、ちょっとうろたえながら、

「まあ、ね」

と、さらに嘘の上塗りをしてみた。

「奇跡だね！」

熱烈な賞賛にあおられて、わたしはかつて読んだ小説をもとにして、ものすごく仲のいい、架空の両親像を捏造《ねつぞう》し、秋津に披露してやった。

秋津はスタンディングオベーションなんかもやりかねない勢いで、すごく大袈裟《おおげさ》に、わたしの『作品』をほめたたえた。

「うん、確かにそうだよな。そんな夫婦がいたっておかしくない。やっぱり稀少《きしょう》だろうけど。だけど、小野、おまえって、ほんとうに運のいいやつだな。間違いなく、神に祝福された人間だな」

ひとりで興奮している様子が、ちょっと不気味だった。そのうちに、秋津は何やら勝手に納得したらしく、これで何もかも片づいたとでもいうような晴れ晴れとした顔つきになって立ち上がった。

「神様に祝福されたおまえに、俺の慰めなんて余計なことだったな。っていうか、こっちが慰められた。ありがとう、久しぶりにいい話聞かせてもらったよ」

感激しきりに、秋津は言った。

握手を求められたけど、それはこちらで辞退した。

握手を遠慮しても、秋津が気分を害した様子はなかった。機嫌よく去っていく彼の背中を、わたしはぽかんとしながら見送った。そして思った。

――わたしのことなんか、なんにも知らないくせに。

8

落ち着きどころのない生活に、わたしはなかなか慣れることができなかった。所属がない、ということは、あてにできる人がいないということで、いろんなことに自分で気をつけていなきゃならない。

単純に不便だったし、大事なことを、クラス全員が知ってるのに、わたしだけが知らない、って事態がいまにも発生するんじゃないかって、気が気じゃなかった。

たとえば、予定の中止や、変更や、課題や時間割りに関する不測の連絡事項。

そのつどクラスの誰かに確かめてみることは、できないことではなかったけど、よそのグループの子に訊《き》くのはやっぱり気が引けた。

その子がどんな反応を返してくれるにせよ、彼女を戸惑わせてしまうのがわかっていたからだ。

だけど、いちばん厄介《やっかい》なのは、自分自身の気持ちだった。集団における孤立者の苦悩の核心——間違っている感。わたしはそれを、大いに持て余した。

――わたしは、うまくやれていない。

自分はだめなやつっていう自覚。ほとんど罪悪感にも似た、重苦しい気持ちに耐えるのは、とてもしんどい。すごくつらい。

おかげで心穏やかに書道にいそしむ気にはなれず、部活はここ数日、ずる休みを続けてしまった。だめなやつ感、倍増だ。

自らのふがいなさに、自然とため息がこぼれた。不満はたくさんあったけど、それでも立場がきちんと確保されていた日々が懐かしかった。

そして、ふたたびのため息。

――変化って、ほんと、きつい。

わたしはしみじみとそう思った。

走りだした電車の、単調な揺れに身をまかせながら、わたしは目を閉じた。

気疲れの毎日が、頭のなかを慢性的にぼんやりとさせていた。おかげでこの頃は、すぐに眠くなる。脳がこれ以上、無駄なことをうだうだ考えさせられるのを拒否しているのかもしれなかった。それなら、何かいい打開策をひねりだしてくれればいいのに、脳め、とことん頼りにならないやつだ。

人が近づいてくる気配がして、となりの席に誰かが座った。

となりの座席のきしみがお尻に伝わってきて、わたしは半分、目を開けた。

ふたりがけの座席の向かい側は、両方とも空いている。なのに、わざわざ先客のとなりの席に座るなんて、ずいぶんな物好きな人だなと思いながら、わたしは自分の膝《ひざ》に落とした視線をかたわらにすべらせた。

自分のと、同じ色柄のスカートが目に入った。

──ああ、同じ学校の子だ。

それだけ考えて、そのまましばらくぼうっとしていた。

「今日も、部活はなし？」

声を聞いて、初めてとなりに座っているのが結城《ゆうき》さんだとわかった。

「結城さん？」

最初、起こっていることがのみこめなくて、結城さんの問いかけに、わたしは馬鹿《ばか》みたいな答えを返した。彼女が結城さんだってことは、見ればわかる。

「最近三日連続、同じ電車に乗ってたんだけど……気づかなかった？」

──気づかなかった。

それからわたしは、こんなわたしに話しかけるなどという、結城さんの奇矯《ききょう》な行動を疑った。

これは例の、『慰《なぐさ》め』なんだろうかって。

おせっかい男の、秋津《あきつ》的な。だけどまさか、氷の女王、結城さんに限って、そんなべたな行動をとったりするだろうか。クールにひとりで生きていく、いや、生きていける結城さんに限って。

結城さんの真意をはかりかねて黙っていると、

「だったら、これから暇でしょ？　じつは探しものをしているところなの。つきあってくれない？」

結城さんは前を向いたまま、わたしに同行を依頼した。

お願いされている、という感じはまったくしなかった。何だか、『もうあなたがわたしにつきあうことは決まっているのよ』とでもいうような、決定済みの予定を告げるような、あたりまえみたいな口調で、結城さんは言った。


あたりまえだと思っていれば、たいていのことはあたりまえになるのかもしれない。

現に、わたしは結城さんの誘いを断らなかった。といっても、結城さんの申し出をありがたく思ったからではなかった。

事なかれ生活に慣れ親しんできたわたしは、とっさに無難な断りの文句を見つけることができず、長引く沈黙の果てに、なしくずし的に了承したみたいになってしまったのだった。

単純に、頭が働かなかったせい。どうやら最近のわたしは、ほんとうに脳を無駄に働かせすぎていたようだ。

――それにしたって脳、肝心《かんじん》なところで動きを停止してしまうなんて、今回も何という役立たずぶりなの。

だけどその一方で、思わぬ成り行きは、わたしの気力を少しだけ回復させてくれたのだった。家の外で誰かとまともに話すのは、久しぶりだった。


わたしたちは途中で電車を乗り替えて、梨田駅《なしだ》に向かった。

近隣のすべての路線が乗り入れる梨田駅には、巨大ショッピングモールを擁《よう》する一大商業施設が併設されており、いつもたくさんの人で混雑していた。

しかも、今日は十二月の第三金曜日。

週末、そしてクリスマス直前とあって、駅の構内も、ショッピングモールも、いつもの五割増しくらいの人出でにぎわっていた。

梨田駅の構内――高い吹き抜けになった天井には、金色の星がちりばめられていた。

広場の中央にそびえるクリスマスツリーの緑の枝には、無数の電球や硝子《ガラス》玉が吊り下げられていて、色とりどりのきらめきを宿したツリーの下を、大勢の通行人が、これもまた色彩の波になって通り過ぎていくのだった。

人と光の流れに押し流されていきながら、わたしは華やかに飾り立てられた、たくさんの店の列に目を向けた。

自然に目が吸い寄せられてしまうのは、ついこのあいだ、恵美《えみ》たちとのぞいてまわった小物のお店や、甘味屋《かんみや》さんだ。

スージーズアイスクリームの派手なシェード。クレープ・キッチンのこぐまの看板。アクセサリーショップ。きらきらに展示された商品の前で、中学の制服を着た女の子たちが明るいはしゃぎ声をあげていた。

灰色のうさぎのふわふわの手袋に、何度も触れている小さな女の子。薔薇《ばら》の模様の小物入れを手に取って、じっと見入っている女の人。ガラスのショーケースに並んだたくさんの輝きを、明るい頰《ほお》に映している、制服のカップル。

――そうだよね。もうすぐクリスマスだもんね。

わたしは周囲に横溢《おういつ》するうかれた空気の原因をのみ込んで、結城さんに話しかけた。

「ねえ、探しものって何？　誰かへのプレゼント？」

そう口に出したときにはすでに、わたしの頭のなかには例の『彼氏』の面影が浮かんでいた。

あの、高級車に乗った、ずいぶん年上の彼氏。

「違うよ」

結城さんはあっさりとそれを否定した。

一瞬、話のついでに彼のことを訊いてしまおうかと思った。ハンサムだとは思うけど、どう見ても学生じゃなかった。だから何なのかと言われるとよくわからない。年齢は、たぶん四十歳くらい。でも、ただのサラリーマンって感じでもなかった。きっと、ふつうの人なら、ああいう車には乗らない。こんなに歳《とし》の差がある女の子を彼女にしたりしない。

たぶん。

結城さんには悪いけれど、結城さんの彼氏として、ふさわしい相手とはぜんぜん思えなかった。

わたしはあらためて、少し先を歩いていく美少女を見た。

通路の両側に並んだ店に、涼やかな視線を投げていく。今日の結城さんはめずらしく、学校の外でも眼鏡をかけていた。見かけはいつもどおりに飄々《ひょうひょう》としていたけど、案外熱心に探しものをしているみたいだった。

――クールに見えて、彼女は人知れず内に秘めた情熱の持ち主なのかもしれない。

と、思うにつけ、何だか心配になってきた。

――結城さん、大丈夫？　あの人に騙《だま》されてたりしない？　あんな胡散《うさん》くさそうな人、やめたほうがよくない？

結城さんの氷のような美貌《びぼう》に隠されているかもしれない情熱が、わたしをちょっと不安にさせていた。

でも。

わたしは何も訊かなかった。というか、訊けなかった。結城さんの事情をろくに知らない身で、おせっかいな口出しはできない――するべきじゃないと思ったからだ。

結城さんは、モールのなかを散々歩きまわったあげく、ようやく一軒の店の前で足をとめた。

水色のファブリックがのぞくショップの窓をちょっとのあいだのぞき込んだあと、わたしを振り返った。

「見つけた。ここよ」

ブルー・ブランシュ――その店は、今月初めにオープンしたばかりのフランス資本のカフェだった。今年の夏に梨田市のモールに出店が決まって以来、クラスでもときどき話題になっていた。

イメージカラーの水色がすっきりとスマートで、さらに青と白のリボンのモチーフで、ほんのり甘いテイストが加えられた、おしゃれなカフェ。

いかにもフランス風のシックな店構えや、かわいいのに精緻《せいち》なつくりのインテリアが、ちょっと大人びた雰囲気を漂わせる、まさに女の子の好みの王道をいく社交の場――そんな店だった。

そういえば、近いうちに、グループのみんなでお茶を飲みに行こうよって話も出ていた。もちろんいまとなっては、そんな計画とは何の関係もなくなってしまったけれど。

木製の扉を押して、店に入っていく結城さんにおとなしくついていきながら、わたしは思った。

――結城さん、ああ見えて、けっこうミーハーだったんだな。

店内は学校帰りの女子中高生だらけだった。

もっと遅い時間や、休日はそうじゃないのかもしれないけれど、そのときに限っていえば、ほぼ女子校状態だった。

何をするにもじゃまにならなさそうな、耳ざわりのいい音楽がひかえめな音量で流れていたけれど、誰も聞いていなさそうだった。きっと普段はそれでいい感じなんだろうけど、いまはお客の話す声で、ほとんど聞きとれない。

「ちょっと待ってて」

結城さんは時間に急《せ》かされているみたいにカウンターに近寄って、せわしなく注文を済ませた。

木製のトレイの上には、カフェのロゴが入った紙コップがふたつ。淹《い》れたてのコーヒーが、香ばしい湯気を立てていた。

何となく結城さんらしくない、雑なやり方だった。

初めて来る店だったから——なんだろうか。

どこか、態度に落ち着きがなかったし、この前に一緒にお茶を飲んだときみたいに、時間をかけて、わたしに何にするか訊《たず》ねることもなかった。

結城さんはトレイを持ったまま、まっすぐに店の奥へと進んでいった。

はじめからそこに座ると決めていたみたいに、壁ぎわの小さなテーブルの上にトレイを置いた。

わたしは、そんな結城さんに引っ張られていくみたいにして、やっぱりあとについていき——ぎょっとして、その場に立ちすくんだ。


すぐとなりのテーブルに、恵美がいた。

恵美だけじゃない、グループのメンバー全員、勢揃《ぞろ》いだ。

「うそ、ひなた?」

先に声をあげたのは、恵美のほうだった。驚きが半分、あとの半分は——。

考えたくなくて、わたしは目の前の現実から顔を背けた。

——逃げろ。

わたしの本能がわたしに命令した。大至急、退避。待ったなしの号令が発せられた。

——でも、そうしたら結城さんが置き去りになってしまう。それはまずい。どうしよう。逃げるか、留まるか。

真逆の要求が、さらにわたしを凍りつかせた。でもそれは、ほんのつかの間の葛藤《かっとう》だった。息のできなくなるような緊張状態に、わたしはすぐに耐えられなくなった。

——ごめん、結城さん！

一歩、後ろに退《しりぞ》いた。続いて、出口に向かって思いきりよく向きを変えようとしたところで、だしぬけに二の腕をつかまれた。

いつの間にか、結城さんがすぐとなりに立っていた。わたしの腕をつかんだ手に、力がこめられた。結城さんの白い指が、ぎりぎりと、痛いくらいにわたしの腕をしめつけた。

——内に秘めた情熱！

そんなフレーズが、わたしの脳裏をさっとかすめていった。

しかし、傍目《はため》で見る限り、結城さんの表情はどこまでも冷静だった。

熱っぽいそぶりなんて、露ほども感じられなかった。

結城さんは打ち水の香る座敷に供された葛《くず》切りのように、涼やかに微笑《ほほえ》んだ。それから、鈴を振るような声で言った。

「さあ来て。コーヒーが冷めちゃう」

しばらく、誰も口をきかなかった。

このままグループ裁判がはじまっても、何の不思議もない状況だったけれど、いつもの顔ぶれに結城さんが加わることで、場の空気を支配する力に、微妙なひずみが生じていた。

無限に感じられるその沈黙を、最初に破ったのは、やっぱり恵美だった。

「……そういうこと、よくできるよね」

わたしは終始うつむけていた顔を上げた。でも、恵美のほうを見ることはできなかった。

「何なの、それ。もうあたしたちには用はないって、わざわざ見せつけに来たの？」

とげとげしい声に、身が縮む思いがした。

——そう、見えるよね。っていうか、そうとしか見えないと思う。もし、逆の立場だったら。

それにしても、こんなに間の悪い偶然って、あるものだろうか。

わたしはすがりつくような気持ちで、向かい側で黙々とコーヒーに砂糖を投入している結城さんを見た。

結城さんはやっぱり平気そうな顔つきをしていた。その、動きのない表情の下で、何を考えているのか——少しも読みとれなかった。

だけど、いくらなんでも、この場の険悪な空気には気づいていないはずはない。何で席を立ってくれないんだろう。店を出るのが無理なら、せめて、ここから遠く離れた席に移動してくれたっていいのに。

だけど、彼女はそうしない。

まるでそこが自分の玉座であるかのように落ちつきはらって、女王はコーヒーに口をつけた。

「ねえ、何とか言いなさいよ。この間のカラオケの約束、すっぽかしたのだって。こんなふうに結城さんと遊んでいたからなんでしょ。ちゃんと知ってるんだから。あの日、ひなたと結城さんが一緒だったって、塾帰りに見かけたって子がいて、教えてくれた。ばれないと思ってたの？　ほんと、最悪なんだけど」

ほんとうに……最悪だった。

恵美の非難の言葉が、心にぐさぐさと突き刺さった。

——そう、あのときはわたしが悪かった。まったくそのとおり。言い訳のしようもない。

それは認めているのに、声が出なかった。ごめんって言葉が、なぜか出てこなかった。

かわりに、心の奥から、押し込めておいたはずの気持ちが、どろどろと流れだしてきた。

まるで、刺し傷からあふれだした、どす黒い血液みたいに。

——好き勝手、言わないでよ。

わたしはスカートの膝に置いた両手を握り締めた。

ぎりぎりになって約束を反故《ほご》にしたこと、恵美だって何回もあるじゃない。そのときはわたし、文句も言わないで流したよ。

恵美とは中学入学以来のつきあいだった。当然、いろんなことがあった。いいことも、悪いことも。はっきり言ってしまうと、悪いことのほうが圧倒的に多かった。

体調が悪いっていうから、いろんな当番を代わってあげたことも、数えきれないくらいあった。

だけど、一回だけ、わたしが恵美に頼んだときは、あっさり断られた。そのくらい我慢しなよって。甘えるのもたいがいにしなよって。

恵美はいつもそんなふうだった。自分の都合だけを押しつけてくる。わたしの都合なんか、気にしてくれたこともないくせに。

それでいて、誰よりもみんなのためにがんばっているなんて口にする。たぶん、本人だけは、ほんとうにそう思っているんだろう。

あのときの、すごく苦い気持ちが、胸のなかによみがえってきた。自分の正しさばかりを主張する恵美の言い分に、何だかすっかり気が抜けて、なにもかも面倒くさくなってしまったのを覚えている。

だからそれからは、なるべく恵美の気分を害さないようにした。何でも黙ってのみこんできた。がんばって恵美のわがままに調子を合わせてきた。

波風を立てたくなかったから。

わたしの目的はただひとつ、平和な日常生活を送ることだけだったから。

「なに、黙ってんの？」

わたしを責める恵美の声が、急に大きくなった。

「そうやって、どうせまたわたしのこと、馬鹿にしてるんでしょ！」

わけのわからない論法だ。だけど、わたしはときどきこんなふうに恵美にからまれる。お高くとまって、人を見下してるなんて言われる。こんなにがんばってまわりに合わせようとしているのに、どうしてなんだろう。

「もういい、行こ！」

恵美のひと声でみんなが立ち上がった。手にトレイを持って、出口に向かう。その様子を、振り向いて見ることもできずにいるわたしの背中に、少し遅れて、つぶてのように尖った言葉が飛んできた。

「裏切り者！」

恥ずかしくて、悔しくて、泣きそうになった。一刻も早く、ここから立ち去りたかった。なのに、できなかった。膝から力が抜けて、いま立ち上がったら、転んでしまいそうだったから。

結城さんはあいかわらず落ち着いて、コーヒーを飲んでいる。わたしのぶんのコーヒーはトレイの上で、いつの間にかすっかり湯気を消していた。

たぶん、こんな状況にわたしを追い込んだ結城さんを責めてもよかったと思う。だけど、そんなことも思いもつかないほどに、わたしは動揺していた。わたしはわたし自身を責めるのに忙しかったのだ。

「どうして何も言わなかったの？」

ふいに問われて、わたしはテーブルの上に落としていた視線をのろのろと持ち上げた。それを、結城さんの顔の上で苦心して固定した。

「どうして何も言わなかったの？」

形のいい唇が、同じ質問を繰り返した。結城さんの口調はあいかわらず、気味が悪くなるほど平板だった。

「……結城さんには関係ない」

小声で言った。

「そうね」

つかの間の沈黙のあと、結城さんはあっさりとわたしの言い分を認めた。そして——遠慮もなしに踏み込んできた。

「関係なくても、見ていられなかったから」

結城さんの言葉は、どうにかこうにか抑えつけてあったわたしの嫌な感情を刺激した。まるで薄紙に火がついたみたいだった。ぱっと怒りが燃え上がった。

「じゃあ、これ、わざとなの？」

わたしはかみつくように訊いた。そのとたん、たったいま自分に起きていることをはっきりと理解した。

——結城さんは、ここに恵美たちがいるのを知っていて、わたしを連れてきたんだ。わざわざ近くのテーブルに座ったんだ。たぶん、わたしを恵美と話し合わせるために。

これは、結城さんがわたしに投げてよこした、仲直りの機会だったんだ。

まんまと結城さんの計略にひっかかった自分のおめでたさに、こんなふうにひどいやり方をした結城さんの傲慢《ごうまん》さに、ひととき息が詰まりそうになった。しばらく声を出すこともできなかった。

きっと親切でしてくれたことなんだろうな、と、心のどこかで考えていた。だけど、恥ずかしいっていう気持ちが、たまらない惨《みじ》めさが、弱気も、とまどいも、遠慮も、まるごと真っ黒に塗りつぶした。

このあいだは——初めて一緒にお茶を飲んだ。

彼女と話すのは、とても楽しかった。わたしと結城さんのあいだには、遠すぎも近すぎもしない、居心地のいい距離があった。だけど結城さんは、いきなりその距離を壊した。

一方的に、無遠慮に。

闇夜《やみよ》で後ろから、不意打ちされたみたいだった。

「わたしは今日、あの子たちと話をさせるために小野《おの》さんをここに連れてきた。といっても、べつにあなたのためってわけじゃないけど」

わたしは結城さんの言っていることがわからなくて、だけど他にやりようがなくて、結城さんをにらみつけた。

結城さんは、白薔薇のように微笑んだ。

「知りたかったの。どうして、あなたがそんなふうなのか。不思議だった。言ったでしょ。探しものをしに来たって……わたしは、あなたが隠しているものを見たかったの」

何と答えていいのか、わからなかった。

結城さんがすっと笑みを消した。

「あなたを見ていると苛々《いらいら》する。

そうよ。これは偶然なんかじゃない。わざとやったの。秋津君に九把原《くわばら》さんたちの予定を聞きだしてもらって。彼、相手が女子なら、誰にでも親切だもんね。

せっかくお膳立《ぜんだ》てしてあげたのに、なんで言わなかったの。思ってること。いろいろあるんでしょ？　だって、あなたが九把原さんに口答えしているところ、わたし、見たことがないもの。

やさしい小野さん。あなたが譲りすぎるから、強引な子ばかりと縁ができるんだよ。べつに、弱みを握られているわけでもないんでしょうに、腹が立たないの？　あなたはあの子の侍女じゃないんだよ」

結城さんは、はっきりと言った。少しも容赦《ようしゃ》がなかった。

話が合って、楽しくて、ちょっと姉に似ていると思っていた。だけど、結城さんは姉とはぜんぜん違っていた。

――お姉ちゃんみたいに、わかってくれない。

何にも知らないくせに、ずけずけ踏み込んできてわたしを傷つける。『女王』みたいに生きられるあなたに『侍女』の気持ちがわかるわけない。

むかっ腹が立った。

「なんで結城さんにそこまで言われなくちゃなんないの。いったい、何様のつもり？　こんなことして、わたしが感謝するとでも思った？　っていうか、こんなやり方で仲直りなんてできるわけないじゃない」

結城さんがかすかに首を傾けた。つぶやくように言った。

「ああ、やっと怒ってくれた」

その言い方が癇《かん》に障《さわ》った。

「おせっかい。余計こじれただけじゃない。結城さんのせいだよ」

わたしはこんどこそ勢いにまかせて、遠慮なく結城さんを責めた。

そう、勢いのせい。だけどほんとうは、それだけじゃなかった。感情をぶつけることができた理由――それは、結城さんが『外側』の人だったからだ。わたしの日常の、圏外にいる人。明日の関係を心配しなくていい相手。

わたしはずるい。こんなときにまで、計算をしている。

やさしい小野さん。よく、そんなふうに言われる。でも、わたしはちっともやさしくなんかない。

言いたいことをのみこむのは、自分の安全を確保しておくため。人に親切にするのは、波風を立てて場を混乱させて、自分の場所の居心地を悪くしないため。人の悪口を言わないのは、わたしができた人間だからじゃなくて、相手にそこまでの興味を持っていないから。

計算高くて、臆病《おくびょう》で、怠《なま》け者。わたしはそういう人間だ。

と、結城さんが、わたしたちを隔《へだ》てているテーブルの上に身を乗りだしてきた。じっとわたしを見た。

「ねえ、どうしてあなたはそんなふうに我慢できるの？　自分の気持ちをどんなふうに納得させているの？

誰かの都合を優先させて生きるのはつらくない？　だってほら、いまもわたしの誘いを断れなかったから、こんな目にあっているんじゃない」

瞳のなかに宿った、切実な問いかけ。まるでからかっているみたいな言葉面《づら》にはまるでそぐわない結城さんの真剣なまなざしに相対しているうちに、わたしはふと思った。

こんなふうに問いかける目を、わたしはよく知っていた。

——知っている？

つかの間、不思議な感覚にとらわれていたわたしはやがて、首を振った。そんなこと、どうでもいい。

わたしはとなりの椅子《いす》に置いた鞄を探って、財布を取りだした。テーブルの上に、ひとりぶんのコーヒー代を置いて立ち上がった。

「おせっかいはもうたくさん。これ以上、わたしにかかわらないで」

後ろも見ずに店を出た。

脇目もふらずに駅のほうに歩を進めながら、わたしは爪先から頭の先まで、体中をカッカさせていた。モールの暖房が効きすぎていたからじゃない。身体《からだ》の奥にわきあがってきたどろどろの感情が、熱を持って、煮えたぎって、いまにも破裂しそうだった。

その熱が冷めたのは、ずいぶんたってからだ。

自宅がある街の、駅の改札を通り過ぎたところあたりで、わたしの頭はようやく冷えはじめた。冷たくなったぶん、ずっしりと重くなったように感じられる身体を、駅の外にゆっくりと運んだ。

冬の宵《よい》。

駅の外はすでに真っ暗で、住宅街に向かってずらりと並んだ街灯が、路面を濡れたように光らせていた。

帰宅を急ぐ人々の影が、長々と車道に落ちて、押し合いへし合いしていた。どの人も白い息を吐きながら、思い思いの方向に早足に立ち去っていく。

わたしは同じ方向に進む通行人の列に連なって、歩道に出た。

師走《しわす》の冷たい風に吹かれながらとぼとぼと歩いているうちに、カフェでのできごとが、ふたたび頭のなかによみがえってきた。

──おせっかい。もうわたしにかかわらないで。

あのとき結城さんにぶつけた、自分の捨て台詞《ぜりふ》だ。思い出したとたん、そのときの感情まで一緒に戻ってきた。いまではすっかり熱を失《な》くして。

あれは結城さんに対する怒りが吐かせた言葉──だと思っていたけれど、それだけだったのだろうか。

考えはじめると、疑いはさらに濃くなった。

おせっかい。かかわらないで。重苦しく胸のなかに居座って、ぐるぐると繰り返されるとげとげしいフレーズ。

ただでさえ、ひどい一日だったのに。

嫌なことはもうたくさん。これ以上考えていたくなかった。

わたしは大急ぎであのときの光景を、声を、頭のなかから締め出そうとした。何か楽しいことを考えようとした。

だけど、差し替えにもってこい、っていうような都合のいい記憶がそのへんに転がっているはずもなく、気分は一向に引き立たなかった。

嫌な考えって、どうしてこんなにしつこいんだろう。

追い払っても、追い払っても、またすぐに戻ってきて、頭のなかを占領する。いつまでも消えてくれない。繰り返される、ああ、やっちゃった、って感じ。

結城さんとはたった一度、お茶を飲んだだけの間柄だったんだ。はじめから、友だちでも何でもなかったんだ。だから、仲たがいしたことを気に病む必要なんかない。なのに、この絶望的な気持ちは何なんだろう。

わたしは寒さに身を縮めながら、急いで歩いた。そうして、いつまでも頭のなかから出ていこうとしないその問いを、どうにか始末しようと格闘した。

鼻をもぐりこませたマフラーのなかで、ふっと息を詰めた。

――なんか、怖い。

思ってしまってから、首をかしげた。

――怖いって、何が？

たぶん、失うこと。

でも、だとしたら、怖がるべきは、わたしを変な罠にかけた結城さんではなくて、こんどこそ恵美を完全に怒らせてしまったこと、のはずだった。

──結城さんはもともと、わたしの日常には、ほとんどかかわりのなかった人なんだし。かかわらなくても、生活には何の支障も生じないだろうし。

結城さんについて、怖《おそ》れる必要なんて少しもない。だって、わたしははじめから、結城さんの何を手に入れていたってわけじゃなかった。だから、失うこともない。

──そう、失うなんてありえない。

わたしは胸のなかのもやもやを、無理やりに丸めて戸棚に押し込んで、力ずくで扉を閉めて、とりあえず作った空き場所で気を落ち着けて、いまするべきことについて考えた。

──とりあえず、忍耐。それからなるべく早めに機会をつかんで、恵美と仲直りすること。

わたしは顔を上げ、夜の冷たい空気を思いきりよく吸い込んだ。そしてなるべく元気よく、自分に言い聞かせた。

──大丈夫。そのうちきっと、なんとかなる。

9

わたしは灼熱《しゃくねつ》地獄《じごく》にいた。

猛烈《もうれつ》に暑い。

暑がりながら、わたしは足もとを見た。

砂。

遠くを見た。

砂。

後ろを振り返った。

そこにも、砂。

見渡す限り砂だらけの——そこは、砂漠だった。砂漠の夜は猛烈な寒さらしいけど、いまは昼間で、地獄のように暑い。

ところでわたしは、ここで何をしているのか。

炎のような陽射《ひざ》しに全身を炙《あぶ》られながら、ひたすら煉瓦《れんが》を積んでいるのだった。賽《さい》の河《か》原《わら》で、石積みをする子供のように。

積んだ煉瓦を崩す獄卒《ごくそつ》こそいなかったものの、太陽の勢いは地獄の釜《かま》の火さながらの旺《おう》盛《せい》さで、あたりはくまなく焼け焦げそうに暑かった。

なのに、陽射しを避けられるような木陰はどこにもなかったし、もしあったとしても、そこでのんびり涼むなんてぜいたくは、わたしには許されていなかった。

何かの罪を償《つぐな》っているわけではない。これはただの仕事だ。

日が暮れるまでに、この煉瓦を積み上げてしまわなければならなかった。それがわたしに課せられた喫緊《きっきん》の責務であり、生死にかかわる要請だった。

この砂漠には、夜になると人を食べる獣《けもの》があらわれる――ということを、なぜかわたしは知っていた。そのために、明日も生きていたいと望むならば、何としてでも獣から身を守るための『砦《とりで》』を手に入れなければならなかった。

それでなくても、過酷な昼の暑さや、夜の寒さをしのぐための居場所が、わたしにはどうしても必要なのだった。

だからこうして、必死になって煉瓦を積み上げている。

ところが、一向にはかどらないのだ。単純に体力的な問題で。やるべき仕事は多く、時間は限られていた。はたして、日没までに、少なくとも四方の壁を仕上げてしまう――なんてこと、可能なのだろうか。

わたしは足もとに落ちた自分の影を見た。いつの間にか、長さが二倍になっている。思いもよらなかった時間の経過に、ぎくりとして顔を上げたところで、空の色が変わっていることに気がついた。

――いつの間に。

たそがれが迫っていた。作りかけの家は、まるきりの未完成だ。痛いほどの焦りに襲われるわたしの耳に、どこからか音楽が聞こえてきた。その音が、だんだん大きくなる。

これは。

――レクイエムだ。

そして、声。何者とも知れぬ意思の声が、天地をゆるがして、わたしに告げた。

『時間切れ。おまえはもう、おしまいだ』

天から降ってきた非情な宣告。

渦を巻く、真っ黒な空。

わたしは絶望の悲鳴をあげた。

ぐっしょりと汗をかいて、目をさました。部屋のなかは、むっとするような暑さだった。

この頃では、夕方になって日が陰ると、室内でも冷蔵庫みたいに冷え込むようになっていた。課題に手をつける前に、少し部屋を暖めておくつもりで、確か、ファンヒーターを最強に設定した。

そのまま、寝入ってしまったらしかった。

もりもりとガスを燃やす炎の音。その低いうなりを伴奏にして、耳もとで携帯が鳴っていた。

モーツァルトのレクイエム。画面には、秋津《あきつ》の名前が表示されていた。

この呼びだし曲は、中学時代、秋津本人がふざけて登録したもので、以来、そのままになっていた。『ぜひ、登録だけさせてくれ』と、しつこく頼まれたからそうしたけれど、かけることはもちろんなかったし、かかってくるほうも、つまらない問い合わせが何度かあっただけで、呼びだし曲が何だったかなんてことは、とっくの昔に忘れてしまっていた。

それにしても、なんて悪趣味な選曲なんだろう。こんなものを顔見知りの携帯に登録するあたり、秋津のすることはあいかわらず、わたしの理解を超えたところにあった。

わたしは、自分の持ち物らしくもなく、清らかすぎる音楽を奏でている小さな機械を手に取って、早々に沈黙させた。

「もしもし?」

いったい何の用? 冬休み初日の夜更けに——という気持ちが、声ににじみでていたらしく、秋津は一応、遠慮がちな口調で訊《き》いた。

「あ、もしかしてもう寝てた?」

顔を上げて、壁掛け時計を見た。

午後十一時十五分。冬休みの初日は、あともう少しで終わろうとしていた。

それなのに今日一日で、わたしがやったことといえば、ちょっとした家事と、長い昼寝だけ。

――なんてだめな高校生なんだ！

わたしはもごもごと言葉をにごした。

「そんなことより、用件は？」

「女子が相手なら、至れり尽くせりのくせして、男相手にはほんと、気持ちがいいほどやる気なしなんだな」

あきれ声が返ってきた。

「そんなこと言うために、わざわざ電話かけてきたの」

こいつならありえないことじゃないと思うと、自然と声がとんがった。

舞台裏をのぞかれるのは、不愉快だった。それに、わたしはそんなに暇じゃないのだ。

すると、秋津が言った。

「さすがにそこまで暇じゃないよ。俺だって」

そのセリフ、そっくりそのまま叩き返してやりたい。

「ただささ、結城《ゆうき》のことでちょっと気になることがあったから」

——何でいま、その話をわたしに持ってくるかな。

昨日の結城さんとのやりとりでついた心の傷はいまだふさがっておらず、秋津が不用意に発音した『結城さん』という名前は、我ながら痛々しいその生傷に、まるで粗塩のような効果を発揮した。

——痛い。

たっぷり睡眠をとって、いくらか遠ざけることに成功した諸々《もろもろ》の嫌な感情が、またぞろぞろとはいだしてきて、回復しかけていたわたしの気力をさっそく奪いにかかった。

——秋津、何てやつだ。

どうせ、昨日の件の続きに決まってる。秋津のことだから、結城さんのはた迷惑なおせっかいに、ノリノリで協力しているのに違いない。

——ねえ、このごろ小野《おの》さん、グループに締め出されてるのね。お気の毒に。なんとか仲直りさせてあげましょうよ。

——だけど、あいつら話もしないじゃん。仲直りさせるっていっても、きっかけすらないんじゃや、な。

——だったら、作ればいいのよ。きっかけ。教室じゃあ、話し合いにくいだけなのかもしれないし。そうね、九把原《くわばら》さんたちが放課後行きそうなところ、調べておいてくれない？　あなた、女子に取り入るの、得意でしょう。それでもし、時間と場所がわかったら、

わたしに連絡をちょうだい。わたしが小野さんをそこに連れていくから。──以下省略──

わたしはふたりのやりとりを妄想した。

いや、妄想なんかじゃない。かなり真実に近い推測だと思う。だから、秋津はわたしに結城さんの話なんかするのだ。

「俺、今日から、花屋で宅配のバイトを始めたんだけど──」

秋津は、ちょうど怪談話を語る人のようなもったいぶった口調で切りだした。

結城さんの話をするのかと思って身構えていたら、どうでもいい花屋のバイトについてひとしきり話したあと、秋津はやっと本題に入った。

「それで……ちょうど八時ごろだったかな。クイーンズ・ガーデンホテルの駐車場で、結城を見かけたんだよな」

そりゃあ、そういうこともあるでしょうよ。冬休みなんだし。しかも、土曜の夜なんだし。わたしは赤いコート姿の結城さんを思い浮かべた。

きっと、彼氏とデートだったんだろうな。そういえば、初めて私服姿の結城さんを見かけたのも土曜日だった。

それで、秋津の言おうとしていることに、おおよその見当がついた。

「ついでに、結城さんが高級車に乗り込むところも見たんじゃない？」

通話口の向こうで、秋津が息をのむ気配が伝わってきた。

「すげえな。何でわかったんだ」

「わたしも見たことあるから」

「なんだよ……」

気の抜けた声で秋津は言った。

「じゃあ、知ってたんだな。それにしてもおまえら、いつの間に仲良くなったの？　ぜんぜん気づかなかったな。クラスの女子の人間関係はだいたい把握《はあく》してたつもりだったんだけど」

「べつに仲がいいわけじゃないよ。むしろ、悪いくらい。あんたが変に結城さんの頼みごとを聞いたりなんかしたせいで」

「あれは……」

秋津は言い訳の言葉に詰まってへどもどしたあげく、話題を変えた。無理やり結城さんの恋のほうに、話の方向を捻《ね》じ曲げた。

「だけど、小野って意外、さばけてるのな。ああいうの、認めてるんだ。俺はだめだな。すっげえ、嫌だ。俺の勝手な好みと言ってしまえばそれまでだけど、一回は口出しせずにはいられないっていうか。そう、だから――。

俺の知る限り最も人当たりのいい女子であるおまえに、それとなく結城から事情を聞きだしてもらって、何なら、やめとけっていさめてもらえないかなって思って。こうして連絡したんだけど……ほら、結城って、特に仲良くしている女子って、いないみたいだから」

「自分でやればいいじゃん。得意でしょ、女子にまとわりつくの」

「得意じゃないよ、ぜんぜん。

それに、話を聞くのだって、励《はげ》ますのだって、何でもござれってわけじゃないんだ。ものによる。結城の場合は話がデリケートすぎて、人生経験の足りない俺にはまだ荷が重いっていうか。

それにこういうの、俺みたいな完全な部外者に話すよりは、せめて性別が同じ、女同士で話すほうが何かと心に訴えるものがあるような気がする」

——得意じゃない？

秋津の話には、いろいろ腑《ふ》に落ちないところがあったけれど、いちばんひっかかったのはそこだった。女子が得意じゃないとは、聞き捨てならない発言だ。だいたい、

「女子に取り入るのが得意じゃない人が、彼女でもない子のこと気にしたり、親しくもないクラスメイトにこういう妙な頼みごとしてきたりする？　言ってることとやってることが違いすぎて、気持ち悪いんだけど」

「違わないよ。

だけど小野がそう思うんだとしたら、それは単に俺に対する理解が不足しているだけのことだな。だけどまあ、俺は小野の理解を必要としていないから、そっちはどうでもいい

けど。

それより、一回だけでいいんだ。結城に何とか言ってやってくれないかな。もしかしたらそれで、はっと目が覚めるかもしれないじゃないか。自分じゃ思ってもみなかったことに気づく、きっかけになるかもしれないじゃないか」

——しつこい。

どうしてみんな、こう、おせっかい焼きなんだろう。わたしがグループから弾かれようが、結城さんがものすごく年上の彼氏とつきあおうが、他人にはぜんぜん関係のないことなのに。おせっかいを焼かれたほうも、絶対有難迷惑だって思うはずだ。

わたしがそうだったみたいに。

そもそも、人間関係の問題って、事情を知らない他人が横から口出しして、うまくいくようなものじゃないと思う。

わたしは苛々《いらいら》しながら言った。

「そりゃ、わたしだって、あんな年上の人とつきあうことないのにって思うよ。せっかくの美少女ぶりがもったいなすぎるよね。だけど、結局は結城さんが選んだ人なんだし、仕方ないんじゃない？　おせっかいなクラスメイトが余計な口出しをしたところでどうにも——」

「相手が既婚者でもか？」

わたしがおしまいまで話してしまわないうちに、秋津が言葉をかぶせてきた。

——は？

しばらく、何を聞いたのかわからなかった。

「……なにそれ」

びっくりしすぎて、衛星電話みたいな間延びした反応になってしまった。

「なんだ、そっちは知らなかったのかよ」

わけがわからない、というふうに秋津は語尾から力を抜いた。

「それより既婚者ってどういうこと？　なんであんたがそんなこと知ってるの」

「知ってるっていうか、見えてしまったっていうか。男のほうな、左手薬指に指輪してたよ」

——それはつまり、

「相手の人、結婚してることを結城さんに隠す気すらないってことだよね」

「そうなんだろうな」

他人事《ひとごと》ながらに、気分が悪くなった。

「でも指輪、絶対に結婚指輪だとは限らないと思うけど……ペアリングとか」

「だったら、結城がつけてないのは変じゃないか？」

——確かに。

「だけどそれがほんとうなら、不実の極みだな。結城さん、あんな人のどこが良くってつきあってるんだろう」

「だから、そこなんだよ」

秋津が俄然《がぜん》、勢いづいた。

「小野に、結城と話をしてきてほしいのは。何とかして結城の本音を知りたい。なにか、真っ当な理由があるのなら仕方がない、おとなしく見守ることにするけど、そうじゃないなら……」

「引き返させたいんだ？」

「そう」

「やっぱり秋津はおせっかいだね」

「そうでもない」

「そうでもない人が、とくに親しくもない他人を助けたがったりする？」

「するよ。たいていのやつがやるんじゃないかな。そうすることが、自分のためになる場合には」

基本は、のらりくらり。そこに絶妙な緩急《かんきゅう》をつけた説得を展開されて、結局、秋津に丸め込まれてしまった。

わたしたち、いや、わたしはとりあえず、結城さんに呼びだしをかけて事情を訊いてみることにした。

つまり今回も、秋津は『影の存在』としておせっかい活動に参加するというわけなのだった。前回、結城さんの背後で『九把原・小野、仲直り作戦』の糸を引いていたみたいに。

秋津は、あのときの計画は結城さんが圧倒的に主犯だったと言い訳をしていたけど、わかったものじゃない。あの、いろんな意味でクールな氷の女王が、ただのクラスメイトに興味を持つなんて、嘘《うそ》くさすぎる。騙《だま》されるもんか。百歩ゆずって、女王が気まぐれを起こしたのだとしても、気にかける相手が、わたしみたいにおもしろくもない女子だなんてありえない。

結城さんのアドレスは、秋津が知っていた。わたしは親切なんだか、迷惑なんだかよくわからない使命をがっつりと背負わされて、すっきり納得のできないまま、結城さんにメールを送信した。

――昨日は、怒って帰ったりして、ごめん。それで、話がしたいんだけど、会えないかな。

意外にも、返事は十分もしないうちに手許《てもと》に届いた。

――メールありがとう。どこで会おうか？

それから何度かメールのやりとりをして、待ち合わせの場所と時間を決めて、約束をした。

思いがけず、結城さんから素直な返事を受け取ったとき、どういうわけか、自分でも意外なくらい、どきどきした。

だけど、その理由ははっきりしなかった。自分のことなのに、結城さんに会うのが怖いのか、うれしいのか、そこのところもよくわからなかった。気が重いような、楽しみなような、ちょっと心が痛むような。

こんなふうに複雑な気持ちになったのは、やっぱり結城さんという人が、依然、わたしにとって、謎の人物だったからだ。そのくせ、こんなふうに歓迎されそうもない工作をしようとしている。

——これって、自分がされて嫌だったことを、そっくりやり返そうとしているだけなんじゃないのかな。

そんなふうに思えてきて、憂うつになりかけて、それでもどうにか気を取り直した。姑息《こそく》だろうと何だろうと、結城さんのためになる可能性があるのなら、とりあえずそれでよしとしよう。

わたしや秋津のおせっかいを受け入れるかどうかを決めるのは、結局、結城さん自身なんだから。

10

翌日、わたしたちは、学校の最寄り駅、栗野《くりの》駅の改札前で待ち合わせた。

どこかでお茶を飲んでもよかったのだけど、あまり他人に聞かれたくない話だったから、『とりあえず田舎道でも散歩しようよ』とわたしは結城《ゆうき》さんに提案したのだ。

そんなわけで、どこに行くあてがあるということでもなかったから、改札を出たあと、何となく、田んぼの真んなかにある、学校のほうに向かって歩きはじめた。

結局、校舎の裏にある小さな公園に落ち着いた。

背の高い木が植えてあるばかりでほとんど遊具のないその公園はあまり子供向けではなく、といって、大人がのんびりくつろげるほど広くもなく、そのせいで今日も閑散《かんさん》としていた。

何もない地面に、冬の陽射《ひざ》しがひっそりとふりそそいでいた。そこにいるのは、わたしたちを別にすれば、着ぶくれた小さな男の子を砂場で遊ばせているおじいさんだけだった。

「ありがとう」

ベンチに腰かけようとしたとたん、いきなり結城さんが言った。

「こっちから謝ろうと思ってたんだけど、何て言いだせばいいのかわからなくて。困っていたところだったから、小野《おの》さんのほうから連絡してきてくれて、すごく助かった」

結城さんは心底安心したように笑った。教室では絶対にお目にかかれない、無防備な笑顔だった。

こんなの、初めて見た。

「そ、そう?」

わたしはどぎまぎしながらも、結城さんの個人的な事情に踏み込む機会を、慎重にうかがっていた。

「そう。謝りたかったの。この前はほんとにごめん。小野さんのこと、すっかり怒らせちゃって。だけど、怒って当然よね。わたしはあなたのためなんて、ぜんぜん思っていなくて、自分の都合に従って行動していただけだもの。

小野さんはわたしを仲裁者だなんて、ずいぶんいいように勘違いしてくれたみたいだけど、そうじゃないの。ほんとうのことを言うとね、小野さんと九把原《くわばら》さんを仲直りさせたかったんじゃない。そんなこと、どうでもよかった。あのときわたしが探してたのは、小野さんの本心」

「わたしの、本心?」

「そう。あなたの本心が知りたかった。『外交仕様』じゃないほんとうの小野さんに——」

結城さんはじっとわたしを見た。

「どうしても、訊《き》いてみたいことがあったの」

結城さんの真摯《しんし》なまなざしに、わたしはうろたえた。

——わたし、いったいこの人に、どんなふうに誤解されてるんだろう。

「何だか怖いな。だけど、わたしはべつに、物知りじゃないよ。結城さんに教えられることなんて何もないと思う」

「そうかな」

「そうだよ。むしろこっちが聞きたいくらいだもん。ずっと不思議だった。どうしたら結城さんみたいにしっかり自分を保てるんだろう、って。まわりで起きることに左右されずに、毅然《きぜん》としていられるんだろう、って」

憧《あこが》れをこめて言ったわたしを、結城さんは不思議そうに見ていた。やがて、誰に対してともつかない口調で、しみじみと言った。

「自分以外の人のことはわからないって、ほんとうね」

そのとおりだ。他人のことはわからない。だけど、それは理屈の上での話で、結城さんに限って、そんなつまらない一般論が当てはまるとは思えなかった。

なにしろ、女王なのだ。彼女に情けない裏事情があるとは思えなかったし、じっさいに、そのクールな立ち居振る舞いには、惨《みじ》めな想像を膨らませる隙《すき》もなかった。

わたしならともかく。

「でもわたし、小野さんが見た目どおりの人じゃないってことは、前から知ってたよ」

結城さんに言われて、わたしはぎくりとした。

人当たりのいい小野さん、やさしい小野さん、そんな外面に隠していたわたしの正体を、彼女は女王の眼力ですっかり見抜いていたのだろうか。

「あれ、五月の終わりごろだったかな。みんなが新しいクラスに慣れてきたあたりで、ホームルームの余興で、先生の人気投票があったでしょ」

わたしはうなずいた。

そういえばそんなこともあった。ダントツの一位は、若くてハンサムな山折《やまおり》先生。言うまでもなく、外見の美しさで女子票を集めた。加えて、生徒を寄せつけないのになれなれしい性格が、外見に負けず劣らずの威力を発揮した。

こう言うと矛盾《むじゅん》しているみたいだけど、ようするに山折先生は、気まぐれに生徒にやさしくする人なのだった。

気まぐれなだけに、たまの親切の効果は絶大だった。安定感のないやさしさ（？）が、人を惹《ひ》きつけるのは、なんとなくわかる。彼は、劇場版ジャイアン――じゃなくて、少女漫画に出てくる難しい男子に似ているのだった。

そんな山折先生に大差をつけられての二位は、数学の森嶋《もりしま》先生だった。

彼はとにかく調子のいい人だった。『同僚のお弁当を勝手に盗み食いして怖がらせる』なんて意味不明ないたずらを仕掛けるような、はた迷惑な『遊び心』の持ち主だ。

こちらは、男子票もそこそこ集めた。男女を問わない人気者——森嶋先生の売りは、何といっても気さくさ、これに尽きた。明るくて、お気楽で、のりがよくて——、

「あのとき、けっこう人気が高かったよね、森嶋先生。わたしはあの人、大っ嫌いだけど」

結城さんが平板な口調で言った。

意外だった。

結城さんが森嶋先生を嫌っていたこと——というよりは、わざわざそれを口にしたことがだ。

好き嫌いにかかわらず、先生に特別な感情なんか持たない人だと思っていた。

「ああいう人、なんで人気があるんだろうなって気に入らなかった。でも、好みは人それぞれだし。彼を好きな人に文句をつけるつもりなんて、さらさらないんだけどね、とにかくわたしはそう思ったの」

結城さんは、ふつうに先生の悪口を言った。いや、単に自分の好みを言っただけか。だけど、それだけのことに、わたしはひどく驚いていた。自分の好き嫌いについて、クラスメイトに話してしまうふつうさが意外だった。結城さんは、そういう、あんまりいい意味

ではなくあたりまえのことを、しない人だと思っていたから。

重ね重ねの意外さに、ぽかんとしているわたしを、結城さんはいたずらを成功させた子供がするような目つきで見ながら、おかしそうに笑った。

「小野さんて、いつもにこにこしてるみたいだけど、ふとしたときに、まともに感情をおもてに出すよね。わたしが森嶋先生を嫌っているの、そんなに意外だった?」

訊かれて、わたしはあわてて表情をあらためた。

いけない、こんなふうに本音をさらすべきじゃなかった。わたしは愛想《あいそ》のいい、いつもの自分にスイッチした。

「う、ううん。気持ちはわかるよ」

調子よく相づちをうった。それは、嘘《うそ》じゃなかった。それどころかこの言葉は、掛け値なしの本音だった。いつもの調子合わせではなく。

正直に言うと、わたしも森嶋先生がすごく苦手だった。

わたし基準で、クズ男。だけど、最初からそんなふうに思っていたわけじゃない。それまでは好き嫌いの判断を下せるほど、先生のことを知らなかったからだ。

森嶋先生が生徒受けする理由はよくわかった。

とにかく雑談がうまいのだ。数学の問題を解きながら息抜きみたいな感じで、みんなを笑わせたり、授業の始まる前とか、終わった後なんかにちょっと生徒の話の輪に加わったりする。

その日——入学後間もない頃だった——絵に描いたような高校生グループに加わって、彼は恋愛に関する持論を展開していた。休み時間の、ありふれたひとコマ。それ自体はよくある状況だったけど、わたしが、森嶋先生を苦手に思うようになったのは、まさにそのときの発言がきっかけだった。

わたしが座っていたのは、クラスの中心グループの中心人物、木下《きのした》さんのすぐ近くの席で、おかげで話の内容はまる聞こえだった。

たいていの子が興味を持つ恋愛話とあって、話は大盛り上がりだった。

そのうちに、浮気する男は最低だという話題になった。

実感のこもった女の子たちの主張を、ほんとにそうだよねえ、って思いながら、片耳で聞いていた。特定の相手がいながら、節操もなく浮気をする男につける形容詞として、最低以外、ありえるだろうか。

ところが、先生は言った。

「それは、女性のほうが悪いな」

聞き捨てならない発言だ。それまで聞き流すにまかせていた話し声に、わたしの聴覚神《ちょうかくしん》経《けい》はたちまち緊急総動員体制になった。

それによると、彼の主張はこんな感じだった。

男は『そういう』生き物だから、浮気するのは仕方がない。そもそも夫が婚外恋愛に気を引かれるのは、妻の努力が足りないから。だけど、ばれなきゃなかったのと同じこと。夫の嘘の才覚で、夫婦はいくらでもしあわせに暮らすことが可能である。

さらに、先生自身の体験らしき逸話《いつわ》があとに続いた。

男子たちは調子に乗って先生を支持し、女子たちはわーきゃー騒ぎながらも、なんとなく説得されている風情《ふぜい》だった。

これ、話せる先生っていうアピールなのかな。だとしたら、だいたい成功したみたい。なんて和《なご》やかで、理解に満ちた師弟関係。

――まじくそ。

「えっ、なに？」

となりに座っていた蕗原《ふきはら》さんに聞き返されて、うっかり心の内を声に出してしまっていたと気づいた。いけない、わたしとしたことが。

「あ、えっと、なんでもない」

わたしはあわててごまかしたけど、急いで作った笑顔はちょっとひきつってしまった。

――あれで、先生なんだもんな。

暗澹《あんたん》としながら、考えた。とりあえず一万歩譲って、先生だって『人間だもの』と、自分に言い聞かせてみた。だけどやっぱり、彼は先生なのだった。

――残念すぎるよ。

先生って、子供をなるべく安全な未来に向かって引率していくことが仕事なんじゃないだろうか。学歴ってことじゃなくて、人間的に。

わたしたちは歴代の先生方に、明るい未来を作るのは子供たち、あんたたちなんだよ、って言われ続けてここまでやってきたけれど、その子供たちを、いま作っているのはやっぱり大人で、だから未来を作るのは子供じゃなくて、ほんとうは大人なんじゃないかとわたしは思うのだ。

つまり大人は、子供と明るい未来のために、自身、極力『いいもの』である使命を負っているのだと思う。

にもかかわらずの、この発言。あのなかの何人かは、森嶋先生の言葉を真に受けてしまったかもしれない。先生は、未来に築かれるであろう彼らの人間関係に、きっと不幸の種を蒔《ま》いたのだ――と、わたしは思った。

――先生、無理ならもう、とくに良いことを教えろとは言わないから、余計なこと言っちゃだめだよ。

わたしは心のなかで静かに腹を立てた。

ちょうど、川畑《かわばた》さんと恵美《えみ》が、イギリス人のアイドルの話を始めたところだった。画像を回し見。ひとしきり彼の美貌《びぼう》について、にぎやかに話した。

そうしながら、少しのあいだ、目の前の誰かにこの気持ちを吐きだしたくてムズムズしたけど、この健全すぎる会話に水を差すのはしのびなく、やっぱり遠慮した。

わたしはふたりの話に笑顔で合いの手を入れながら、残念な先生の話を口にすることなく、胸にたたたんだ。上からぎゅっ、と押さえつけて。

「そう、そのときね――」

そのときのことをすっかり思い出したわたしに、結城さんが向き直った。

「わたしもまったく同じことを考えたんだ。だから感動した。それ以来、ひそかに小野さんのことを気にしていたの」

「え？」

何の話かのみこめずに、わたしはまごまごした。何であのときのわたしの気持ちを結城さんが知っているんだろう。

うろたえるわたしの問いかけに、結城さんはあっさりと答えをくれた。

「わたしも、思ったから。その話、おかしいんじゃない、って、先生のほうを振り返った。そしたら、小野さんの唇がわたしの心の形に動いた」

心の形なんていう耳慣れない言葉に、さらに首をかしげたわたしに、にこりと微笑《ほほえ》みかけて、結城さんは女王に似つかわしくない言葉を口にした。

「まじくそ」

わたしは、瞬間的に顔が赤くなるのを感じた。聞かれて——いや、見られていたのか。すごく小さな声しか出ていなかったはずなのに、結城さんにわかっちゃったのは、

「……読唇術《どくしんじゅつ》、使えるの？　まさかとは思うけど」

結城さんが笑った。

「スパイみたいに？」

本気で恐れ入りながらため息をついたわたしに、結城さんは軽く手を振ってみせた。

「そうじゃないよ。たまたま。だって、わたしが思ったとおりに、小野さんの唇が動くんだもん。こっちがびっくりした」

すごい偶然ってあるものだな。いや、偶然っていうのとはちょっと違うかもしれない。あるできごとに対する感想が一致しただけ。そう、たったそれだけのこと。

だけど、同じことを考えている相手に、親しみを抱いてしまうっていう気持ちは、わたしにもすごくよくわかった。

わたしの目の前で、氷の女王は、いつの間にか体温を上げていた。つまり、ただの女の子になっていた。いままでになく、人間らしく見えた。高い所にいたスターが、思いがけず、地上に降りてきてくれたみたいな感じ。

わたしは慣れない感覚にそわそわしていた。

どうやらわたしは、自分で思っていたよりずっと強く、彼女に憧れていたらしい。もの

すごく落ち着きを失《な》くした心が、そうわたしに告げていた。

生まれてこのかた、ずっとつきあってきたはずなのに、自分の心ってよくわからない。ある日突然、勘違いしていたことに気づいたり、意外な答えを発見したりする。

たとえば、結城さんに対する気持ち。女王は確かにとっつきにくかったけれど、いざかかわってみると、一緒にいるのが少しも苦痛ではなかった。その気になれば、何も考えずに、いつまでも並んでぼーっとしていられそうな人だった。

なんでだろう。

恵美たちとは違って、いつもにぎやかにしているわけでも、目新しい話や、おもしろい話をしてくれるわけでもないのに。

わたしはとなりに座っている結城さんを見た。ぼんやりと空を見つめている。考えごとをしているようにも、何にも考えていないようにも、どちらにも見えた。

だけど、わたしのご機嫌を取り結ぶ方法を考えているわけじゃないってことだけは確かだ。そんな結城さんを、やっぱりいいなって思った。

外見が整っているって意味じゃなくて、たたずまいが。

わたしも彼女みたいに、自由な雰囲気を醸《かも》しだしてみたいものだと思った。

できそうな気はぜんぜんしなかったけれど。

しかしそうなると、あの、結城さんの年上すぎる恋人のことがあらためて気になりはじめた。惜しい。ああいう恋をしていなければ、結城さんは完璧なのに。

私的な領域に無責任に口出しする人が苦手だったはずなのに、そのとき、わたしはまさにそういう人になっていた。

――浮気を容認する残念な先生が嫌い。だったらどうして、あなたは妻帯者とつきあうの？

結城さんはまだ高校生なんだし、まさかそれほど深刻なつきあいだとは思わないけど、この先はどうなるかわからない。結城さんの言動のなかにあるあきらかな矛盾が、わたしの良心を始終ちくちくと刺激していた。

その不快さから逃れたかった。何もかもすっきりさせて、早く身軽になりたかった。そんな気持ちが、わたしをいつもよりずいぶん性急にした。つまり、わたしはいつになく、考えなしになっていた。

わたしはさっそく、ちくちくの原因を取り除きにかかった。

例の、年上すぎる恋人の件について。

何となくそれっぽい話を振って、場合によってはひかえめに改心を勧めてみる――そうするだけのつもりにしていたのに、わたしはわたし自身の収まりの悪い感情にぐいぐい背中を押されて、大胆《だいたん》に結城さんの事情に踏み込んだ。

たぶん、結城さんに思いがけない好意を示されて、調子に乗ってしまったんだと思う。

わたしは本来の自分の目的を思い出すやいなや、いきなり問題の核心に手を触れた。

「何だか意外だったな。結城さん、恋愛に関しては、ふつうに保守的なんだね」

結城さんははじめ、否定も肯定もしなかった。少し考えてから、言った。

「保守的っていうのとはちょっと違うかもしれないけど。人を騙《だま》すのは嫌い。結婚している人を好きになったんなら、どうしても後戻りできないくらい好きなら、正直にまわりに公表して、その人の他はぜんぶ清算するべきだと思う。財産も、権利も、場合によっては未来の保証も、何もかも放棄して、好きになった人と一緒になるべきだと思う」

「それ、できる人って少なそうだな」

何て言ったらいいのかわからなくて、的外れかもしれない答えを返すと、

「だったら、最初から何もしなければいい」

結城さんはぴしゃりと言った。

結城さんの恋愛観は、やっぱりふつうの子とはひと味違っていた。

結城さんの考え方がいいのか悪いのか、わたしには判断がつかなかったけれど、彼女の主張は潔《いさぎよ》く明晰《めいせき》で、美しかった。彼女はやっぱり女王だった。

これじゃあ、ありきたりの男子なんて、歯が立たないのも無理はない。

——なんたって、彼女は女王なんだからね。

わたしはしみじみと納得した。

「結城さんが、男子の告白を断り続けていた理由がわかった気がする」

結城さんがけげんそうな顔をしたので、さらに言い足した。

「結城さんはすごく高いところにいるから、ふつうの人じゃそばにも寄れない」

「変なこと言うのね、わたし、他の人と同一直線上にいるつもりだけど」

「だけど、高嶺《たかね》の花だよね」

褒めたつもりなのに、結城さんは力なくため息をついた。

「もしかして、見た目で判断してる？」

「違うよ。結城さんは外見だけじゃなくて、成績だっていいじゃない。運動だって人並み以上にできるし」

結城さんは首を振った。

「小野さんが言ってるのはつまり、わたしの商品価値についてなのね。価格が高いから、同級生には手が出せないって、そういうこと？」

何か違うような気もしたけど、違わないのかもしれなかった。結城さんがありきたりの石ころじゃなくて、めったな人には手が届かない、高価な宝石だっていうのは、わたしのイメージそのものだった。

「わたしはべつに、自分を高く売ろうとしてるわけじゃないよ。だって、わたしは売り物じゃないもの」

「それはそうだけど」

「でも、そんなふうに見られてる、っていうのは、何となくわかる」

遠くを見るような目をしたあと、結城さんは自分の過去を、だしぬけに告白した。

「わたしね、小学生のときにひどいいじめに遭ったことがあるの」

わたしが黙っていると、結城さんはおかしそうに笑った。

「小野さんって、ほんとにいい子なのね。だけど、そんなに不思議がるようなことでもないよ。一部の子供って、目立つものがとにかく嫌いじゃない？」

そんな言い方で結城さんは、自分の容姿が人並み外れていることをさらりと肯定した。どんな気負いもなく、晴れた空が青いことをあえて確認するような気軽さで。だけど、その美貌が、ぜんぜんありがたくない重荷になっているらしい口ぶりで。

「だよね……」

一部小学生のおそるべき不寛容さについては、わたしも大いに心当たりがあった。ひょっとして、不寛容人口の割合は大人になっても変わらないのかもしれないけれど、子供の場合はとくによく目立つ。表現がものすごくストレートだからだ。

その種の子供たちにとって、結城さんがどういう存在だったか——なんとなく、想像がついた。

嫉妬《しっと》と破壊願望の対象だ。

「女子のいじめにはまだ耐えられたの。基本的に、悪口と持ち物の損害だけだったから。ロッカーに鍵をつけたり、荷物をいちいち持ち歩いたり、しっかり管理するようにしたら、ずいぶん被害を抑えられたし。

我慢できなかったのは、そんなクラスの雰囲気にあおられた男子のほう」

結城さんの声には、はっきりとした憎しみがこもっていた。

「直接に傷つけようとしてくるの」

それって、世に言う『好きな子にちょっかいをかける』というやつなんだろうか。と、これまでほとんど男子にかまわれたことのない、凡庸《ぼんよう》女子であるわたしは想像しかけ――た、ところで釘をさされた。

「先に言っとくけど。『好きな子にちょっかいをかけてるだけ』なんて、耳が腐《くさ》りそうな決まり文句はなしにしてね。あれはほんとに、そういうんじゃなかったんだから」

声を落とした結城さんのまなざしは暗く、わたしはうっかりそれを口にしなかった自分を、心底褒めてやりたいと思った。

暗い思い出を語る結城さんは、違和感を覚えるほど饒舌《じょうぜつ》だった。たっぷりと水を湛《たた》えたダムの水門が開く感じ。まさに奔流《ほんりゅう》のような質量を持った、たくさんの言葉。

圧倒されてしまった。結城さんの話し方には、ずっと澱《よど》んでいた水を一掃してしまうような勢いがあって、その流れに巻き込まれたわたしはくるくる翻弄《ほんろう》されて、目を回しそうになった。

「……だけど、まわりはすごく軽く考えて、簡単に言うんだよね。恋心のせいだよって。わかりやすい理由を適当にくっつけて、さっさと納得して、とりあえず不安を見えないところに押し遣《や》って、問題から目をそらせるの。ちゃんと厄介《やっかい》事に向き合うなんて、どう考えても面倒くさいもの。だから親身になってもらえないこと自体は、仕方がないのかもしれない。だけど、」

結城さんは終始うつむけていた顔を上げた。

「加害者を正当化するような考え方だけは許せない。一部の男子が女子をぶったり小突いたりするのは、微笑ましい話なんかじゃないし、子供だからって許していいようなことでもない。破壊衝動に従って、快楽なり活力なりを得る人間が存在するってことは、現代じゃ、あたりまえに知られた事実でしょう？　犯罪的な欲望を擁護《ようご》された記憶は、きっと将来の不幸の種になる。子供だから許すだなんて、寛容さじゃない。教育的怠慢《たいまん》だわ」

結城さんは、すらすらと話した。彼女の心情が、何のひっかかりもなく伝わってきた。なめらかすぎる語り口のせいで、うっかり、いくらかの中身をとりこぼしてしまったかもしれないけれど——結城さんの言おうとしていることは、ほんとうによくわかった。それは、わたしがずっと言葉にしかねていたことだったからだ。

だから、結城さんの話はすごくおもしろかった。その人がその人である理由を語るような話を聞くという体験は、とても新鮮だった。

ほんの近くにいる人——わたしの場合、それは姉にあたるのだけど、お姉ちゃんとだってめったにしないような話だった。

誰かのほんとうの気持ち。愚痴《ぐち》とは違う、人の心のなかの話。

それに加えて、結城さんの話は、わたしがずっと疑問に思っていたことに、ささやかなヒントを与えてくれた。

——人って、どうして、危害を加えられたわけでもない相手をいじめるんだろう。

これは、わたしが小学三年生だった頃の疑問だ。

当時、わたしはその件で真剣に悩んでいた。

いじめられていたのは、とてもおとなしい、しおりちゃんという女の子だった。彼女の何が悪かったのか。

今風の市松《いちまつ》人形のような顔つきの、害なんか少しもない子だったのに。

わたしが知る限り、彼女に罪があるとしたら、その人並み外れたおとなしさだけだった。

とにかく、人前でほとんど口をきかない子だった。

確かに、彼女は目立った。ふつうとは逆の意味でだけど。

といっても、おとなしかったり、そのせいでひとりでいる人を、罪人扱いするなんて、あんまりだ。いじめっ子の、『みんなと同じように明るくできないこと自体が悪なのだ』という理屈に、わたしはまったく賛成できなかった。

かといって、いじめっ子に真っ向刃向かう勇気があるはずもなく、わたしは以降、うつうつとした疑問を抱え続けるはめになった。

いま思えば、どんなおかしな理屈であれ、多数派が正義だという小学生の論法に、わたしはうんざりしていたんだと思う。

その結果、わたしはなるべくしおりちゃんに親切にするようになった。

なるべく、というのは、自分が安全でいられる線を超えない範囲で、という意味だ。

でも、それにしたって、心から相手のためを思ってそうしたのかといわれると、かなり怪しかった。

わたしは嫌がらせをされているしおりちゃんを見るのが嫌なだけだったのかもしれない。

ときどき、わたしはしおりちゃんに話しかけた。たまには忠告もした。こうしてみたら、とか。ああしてみたら、とか。

クラスになじむため——というか、いじめっ子の機嫌をどうにか自力で取り結べるようになってもらうため、思いつく限りの方法を提案してみた。

だけどぜんぜんうまくいかなかった。しおりちゃんはいつも申し訳なさそうに、わたしの話を聞いているだけだった。

きっと、彼女にはまわりに嫌われないことだけのために人間関係を作ったり、調子合わせの演技をすることができなかったのだと思う。こういうことって、ほんとうに人それぞれで、どうにもできない。

つまりは向き不向きの問題で、できる人にとっては、とくに意識しないでもできることが、できない人にはすごく難しい。

それなのに、そのままのしおりちゃんと、ただ友だちになることが、わたしにはできなかった。というか、当時はそんなことは考えつきもしなかった。

結局、しおりちゃんはその年のうちに、お父さんの仕事の都合で転校していき、いじめは終わった。彼女とはそれきり会っていない。そして、彼女が置いていった謎もそのままになっていた。

いまでもはっきりとした答えを得たわけじゃなかったけれど、結城さんの話を聞いているうちに、長らく胸の奥に押し込めてあった謎が、ふいにはっきりと浮かび上がってきた。

そう、
執拗《しつよう》ないじめっ子はなぜ生まれるのか、という疑問。

いつかは、加害者が育った家庭が不幸だから、という仮説を立ててみた。親や兄弟が厳しくて、わからずやで、異常で、そのせいでたまったストレスが、子供を非行に走らせている――とか。

加害者は被害者説。

だけど、この考えにはやっぱり賛成する気になれなかった。

これじゃ、安直なドラマの筋書きだ。つくりものくさすぎる。ドラマでは、不幸な人間関係があらゆる非行の言い訳として描かれているけれど、いじめに関しては、すっきり腑《ふ》に落ちたためしがない。ましてや、不幸が解消し、いじめっ子が改心し、過去の悪事をあっさり許して仲直りだなんて――ありえない。

ドラマは、あきらかに肝心《かんじん》なところから目を背けていた。

――家庭不和は、他人を傷つける免罪符にはならない。

家のなかがうまくいっていないって、耐えがたい不幸だろうなとは思うけれど。関係者は全員、気の毒だとも思うけれど。それでも、もしそういう考え方を認めてしまったら、加害者は甘やかされる一方になる。被害者にとってはあんまりな事態だ。だから、これが正しい答えであるはずはない。

いじめ問題の根っこはストレス以前、いまこことは別の場所にある。

結城さんは暗黒の過去を、淡々と語り続けた。

当然、楽しい話ではなかったけど、それがまったく愚痴っぽく聞こえなかったのはさすがだった。

結城さんは、語りに一切の感情を差し挟まなかった。まるで、歴史の教科書を音読するような口調で話す。そして、たどりついた教科書的な結論。

「――自分の気分で故意に他人を傷つけるのは悪いことだと、ちゃんと教育するべきよ。効果が出てくるまでには、一万年くらいかかるかもしれないけどね。

だけど、あきらめてしまうよりまし。それが、みんなのため。不幸な人を、この世からひとりでも多く減らす方法だと思う」

人権作文の締めくくりのようなフレーズに、それでもわたしは感動していた。いつものわたしらしくもなく。

どうやら感動って、話の内容っていうよりも、受け手側の都合によって起こるものみたいだ。

わたしの聞きたかった言葉。それを言ってくれる人。そんな人がいま、となりにいることが嘘みたいに思えた。だって、結城さんには、わたしの機嫌を取らなきゃならない理由なんて、何もないんだから。

だとしたら、これは彼女の本心で、その意見に、わたしも心から共感できるなんて――奇跡的だ。

期待もしていなかった場所で、ぴったり欲しいものを手に入れた感じに、わたしはうれしくなった。そうなるようにとくに努力したわけじゃない。自然にそうなった。

——これがセレンディピティーというやつか。

わたしはひそかに感動をかみしめた。

こうして、結城さんの謎の一部があきらかになった。

同世代の女子にも男子にも、一律に冷たい理由も。心ない小学生男子のふるまいがトラウマになって、結城さんは他人を寄せつけない人になったのに違いない。だからこそ——。

——あんなふうに、すごく年上の人に恋をしたのかな。

妻帯者、っていう部分がひっかかったものの、わたしは結城さんを少し理解したようなつもりになって、ふだん、ごくふつうの友だちにするように話しかけた。

「結城さんの彼氏って、いい人?」

唐突に話題を変えたわたしに、結城さんはきょとんとした顔を向けた。

「いつか、迎えの車を運転してた、あの人」

「ああ……」

結城さんはそれまでとはうってかわって、気のない返事をした。気のせいか、涼しげな目元がちょっと陰ったように見えた。

「あのひと、彼氏じゃないよ。嫌々つきあってるだけの人」

思わぬ展開に、わたしは言葉を失くした。

彼氏じゃない、ここまではよかった。正直、ほっとした。でも、つかの間の安心は、次の一言で、あっさりひっくり返ってしまった。

――嫌々つきあってるって、なに？

「で、でも、とっても楽しそうに見えたよ。結城さんもこう、にこにこ笑ってたじゃない」

往生際悪くくいさがったわたしに、

「あんなの、営業スマイルに決まってるじゃない」

結城さんはにべもなかった。

――営業？

わたしは、頭に浮かんだ二文字に凍りついた。もしかしてそれって、援助交際ってやつ？　確かに結城さんはきれいな子だから、彼女ににっこりしてもらいたいってお客には事欠かなそうだ。納得もできた。そうか、外さない結婚指輪はそのせいだったのか。なんたって、商売なんだから。客と商品の、割り切った関係なんだから。

黒い疑いが、たちまち膨れ上がった。が、それでもわたしはまだ、一縷《いちる》の希望にしがみついていた。

――だけど、森嶋先生をまじくそと呼んだ結城さんがそんなことするなんて。

妙な感じがした。

——それとも、だからこそ、なのかな？

わたしはおろおろしながらも、どこかにあるはずの真相を求めて、とにかくとっかかりを探そうとした。

ほんとうのことが知りたかった。

だけどそれは、とてもプライベートなことなのだった。そもそも結城さんには、自分の私的な領域を、わたしに明かす義務なんてないのだ。

だから、遠まわりしながら近づこうと思った。なるべく傷つけないように。

それなのに、頭が回らない。何をどう切りだしていいのかわからない。もっとよく考えろ、わたし。

そんなことをしているうちに、気持ちのほうが左右確認もせずに、いきなり飛びだした。慎重を期すべし。賢い理性が下した判断を無視して、つるりと口を突いて出たのは、これ以上ないほど、どストレートな言葉だった。

「そんなつきあい、よくないよ。きっと、亡くなったお父さんも心配すると思う」

言ってしまってから、冷や汗が出た。しまったと思った。

結城さんがわたしのほうを見た——のがわかった。でも、感じたのは気配だけだ。

わたしは彼女の顔をまともに見ることができなかった。しばらくうつむいたまま、黙っていた。

言いたいことはたくさんあったけど、どれも口には出せなかった。言うべきことがわからなかったから、というより、思いついた言葉がどれも間違っているような気がしたからだ。

つまるところ、まだ足りなかったのだ。わたしはやっぱり、結城さんを知らなさすぎた。

「……わかってる。そんなこと」

ずいぶんたってから、結城さんが言った。

怒っているような声色《こわいろ》ではなかった。でも、それでほっとすることなんか、できなかった。結城さんの声は今にも泣きだしそうに震えていたからだ。

「……ごめん、今日はもう帰る」

結城さんはいきなり立ち上がって、わたしに背中を向けた。

結城さんが行ってしまったあとも、わたしはしばらくベンチに腰かけたままでいた。

冬の日暮れは早い。あたりはだんだん薄暗く、どんどん寒くなっていったけれど、立ち上がる気にもなれなかった。

——あーあ、やっちゃった。

久しぶりの、いや、恵美たちとのことがあったから、久しぶりってわけでもない、大失敗。

どうして、いつもこうなんだろう。失敗するたびに猛反省するのに、そっちが解決しないうちに、あっさり次の失敗をしたりして。

失敗って、あとで考えたら、簡単に避けられたようなことに思える。なのに、いざとなると考えなしに間違ったことをやっちゃって、ああ！　ってなる。

あげくに、考えても仕方がないたぐいの考えにつかまって落ち込む。一瞬の判断がもたらした結果に、延々と続く後悔という名の代償を支払いながら。

どうしようもなく気が滅入《めい》るこの感じを、わたしはこれまでに何度も経験してきていた。

またしても味わうはめになった苦い反省。それはまた、わたしにずっと忘れていたできごとを思い出させた。

しおりちゃんに、こんなふうに言われたこと。

『もういいよ。わたしはいまのままで、満足だもの』

あのとき、わたしは――。

しおりちゃんは、なんてかわいそうな子なんだろうって思った。

クラスになじめなくて、いつもひとりで、口をきかないしおりちゃんが満足している、なんて信じられなかった。だから、彼女の言葉が、強がりにしか聞こえなかった。

だってわたしがしおりちゃんなら、きっと不幸だろうなと思ったから。

あの頃から――わたしはあまり変わっていないみたいだ。

いまでもそう。グループからはみ出すことになって、表向きは仕方がないみたいなふりをしているけど、ぜんぜん平気じゃない。クラスで孤立しているのはけっこうつらい。ひとりでいる、それだけのことに罪の意識を感じてしまう。

だけど、しおりちゃんは、わたしじゃない。

そんなあたりまえのことに今頃になって初めて気づいた。ひょっとすると、わたしが親切のつもりでしていたことは、しおりちゃんにとっては、嫌がらせに近いものだったのかもしれない。

もし、そうだったとしても、口下手な彼女がそれをうまくわたしに伝えられたとは思えないし、仮にそうできていたとしても、当時のわたしがしおりちゃんの言い分に、素直に納得したとは思えない。

だけど、たいていの人は、自分をよく知らない相手に指図なんかされたくはないんじゃないだろうか。

一度だけ、学校の外でしおりちゃんを見かけたことがある。お母さんと、妹らしき女の子と、スーパーで買い物をしているところだった。

わたしはそのとき、姉と一緒だった。いつもとは違う、遅い時間だった。思いがけないところでしおりちゃんを見かけたとき、わたしはどういうわけか、普段どおりに彼女に声をかけることができなかった。

しおりちゃんは楽しそうに笑っていた。学校では見せたこともない、明るい笑顔だった。声はかけられなかったけれど、すっと気持ちが楽になった。

そのとき、自分が抱いた感情を、わたしはいままでうまく説明することができなかったけれど、いまならこんな言葉にすることができる。

──しおりちゃんはしあわせな世界を、ちゃんと持っていたんだ。

しおりちゃんにとって学校は世界の一部でしかなくて、他にちゃんと安心できる居場所があって、それだけで彼女はじゅうぶんしあわせだったんだ。

あのとき、わたしは確かに、それを目の当たりにしたはずだった。そして恥ずかしく思ったんだ。しおりちゃんを勝手に不幸だと決めつけていた自分の図々しさを。

それなのに。

わたしの指図癖は直っていなかったみたいだ。

かつてしおりちゃんにしてしまった失敗と同じことを、今度は結城さんにしてしまった。

仕方がなかった、のかもしれない。

わたしみたいな凡人が、そつなく他人に気を配れないからといって、いちいち気に病むなんて、それはそれであつかましいことなのかもしれない。

だけど、性急になるあまり、亡くなったお父さんのことを持ちだしたのは、やっぱり無神経だった。

結城さんの心に、もう少しゆっくり近づこうと思えば、そうできたんだから。

待ち合わせ場所の緑地公園に着くと、秋津《あきつ》はもう来ていて、たくさん並んだブランコのひとつに腰かけてわたしを待っていた。

「おっそい。いつまで待たせる気だよ。凍死させる気か」

ダウンジャケットに、マフラーをぐるぐる巻きにした秋津は、鉄柱に立てかけた自転車と一緒に、冷え冷えになっていた。

「任務失敗、ターゲットに嫌われました」

生真面目に報告したわたしを、秋津はまじまじと見つめた。わたしのうすら寒い冗談につっこみを入れてほしかったのに、

「ごくろう。貴官に二百四十時間の休暇を与える」

なんて、ふつうにねぎらわれてしまって、余計に切なくなった。

「秋津は残念じゃないの？　ぜんぜん上手くいかなかったんだけど」

空いたブランコに腰かけながら、言った。

「この期に及んで残念がってもしょうがないだろ」

「そうかな」

「でもまあ、反省会を開きたいならつきあってやってもいい」

「反省会?」

「好きだろ、ひとり反省会。小学生の頃からしょっちゅうやってたじゃん」

「そんな憶《おぼ》えない」

「でもそうだったよ。小野はひとり反省会を開くことで、成長するタイプなんじゃないの」

「そんなこと、なんであんたにわかるのよ」

「がんばって女子のとなりに座り続けた成果、かな」

秋津はまた訳のわからないことを言った。

「それはともかく。とりあえず、詳しい報告を聞こうか。失敗の原因は、何だったんだ?」

うながされて、わたしはそのときの記憶をまざまざと胸中によみがえらせた。

「……余計なことを言った」

口に出すと、少し浮かび上がりかけていた気分がふたたび重く沈んだ。

「いったい、何言ったんだよ」

「余計な指図をしちゃったこともだけど、いちばんはお父さんのこと。これは絶対によくなかった。亡くなった家族のことって、不用意に触れられたくないものなのに。だから、すごく傲慢《ごうまん》なことをしちゃったって自分でもわかってるんだ。だけど――」

そこまでひと息に話したあと、わたしは苦い結論をしぼりだした。

「一度口から出しちゃったことだもん。なしにはできない」

秋津は顔をしかめた。

「どういうこと？」

「結城さんのお父さん、去年、亡くなったらしいんだ。そのことを切り札みたいに持ちだしちゃった。自分の意見を通すために、わたしは結城さんの大事な人を利用しようとしたんだ。

　ああいう人とつきあってたら、お父さんが悲しむって。やっぱりあんな年上の人とだなんて、よくないつきあいに思えて、やめたほうがいいと思ったから――だけどそんなこと、ぜんぶわたしの正義で、結城さんにはきっと、結城さんの事情があって――」

　いまとなっては、おためごかしの卑怯《ひきょう》なやり口だったと思う。

　あんた、そんなこと言って恥ずかしくないの、と自分につっこみを入れたくなるほどの、安直なやり方だった。もう、思い出すだけで、冷や汗が出そう。

「だけど、そのときはそういうふうにしか言えなかったんだろ」

　誰を責めるでもない、秋津の平静な口調に、危うく涙が出そうになった。

　いまごろ気づいたけど、秋津は年齢には不似合いなほど、聞き上手だった。それはいいけど、こんなときにその才能を発揮されたら、気が緩みそうになって困る。いま気を緩めたら、ほんとうに泣いてしまいそうで、わたしはあわてて気を引き締めた。やっとのことでうなずいた。

ところが、涙腺《るいせん》を締めすぎたおかげで、別の場所が緩んだらしかった。口の蝶番《ちょうつがい》だ。

「……わたしも、二歳のときにお母さんを亡くしているから」

気づいたら声にしてしまっていた。

言ってしまってから、いつか『わたしの両親はとても仲がいい』と、秋津にはったりをかましていたことを思い出した。

——まずい。

秋津の顔をまともに見ることができずに、わたしは厚手のタイツに包まれた膝《ひざ》がしらに視線を落とした。

わたしの嘘を知った秋津がどんな顔をしたのか——それを確かめる勇気は、わたしにはなかった。間抜けにも自ら嘘を暴露してしまった自分のうかつさに恥じ入りながら、ぼそりとつぶやいた。

「親が仲いいとか……嘘ついててごめん」

だけど、嘘がばれたきまり悪さよりも、いま、ここに抱えている気持ちを言葉にしたい、聞いてほしい、という気持ちのほうが切実で、わたしは、秋津が何も言わないのをいいことに、勝手に先を続けた。

「だから、あんなふうに親のこと持ち出されるのが嫌だっていうのはよくわかるんだ。結城さんが怒ったのも無理ないよ。逆の立場だったら、わたしも嫌な気持ちになったと思う」

それが何であるにしろ、自分の判断でやっていることを、亡くなった親を引き合いに出されて、頭から他人に否定されたりしたら。

「わたし、結城さんの心のなかに土足で踏み込むみたいなことをしたんだと思う。どうしよう」

その時点で、暗闇《くらやみ》のなかの迷子状態になっていたわたしを、秋津は叱《しか》りも責めもせず、そっけなく言っただけだった。

「悪いって思うんなら、次に会ったときに謝ればいいじゃん。お互いまだ、生きているんだし。そこまでするほどのことじゃないって思うんなら、ほっときゃいいんだし」

顔を上げると、秋津はいつもどおりの顔をして、わたしを見ていた。

「許すか許さないかなんて、あっちが決めることで、小野がここでいくら気をもんでもしようがないだろ。しんどいだけじゃん。縁があれば仲直りできるし、なければそれまで。いっそ、神様の采配《さいはい》にまかせることだね」

「簡単に言うなあ」

秋津のあまりに雑な片づけように、思わず苦笑が漏《も》れた。だけど、秋津は生真面目な顔つきのままで言った。

「他人のことは、ほんとによく見えるんだよな。進む方向、間違えてるぞ、とか。そこ、こんな感じに直したほうがいいぞ。でないと将来きっと、まわりの人間だけじゃなくて、自分自身も不幸になるぞ、とか。

なのに、俺も自分のことになるとてんでだめだ。何も、小野だけがだめなやつってわけじゃないよ。だから、気にすんな」

半分、自分に言い聞かせるみたいに言って、秋津は大きな息を吐き、力いっぱいに伸びをした。

「生きるのって、いろいろきついよな。自分の間違い、っていうか、妙な思い込みに気づければ、それでも少しは楽になれるんだろうけど――なかなかね。

九把原なんかのことでもさ、中学のときに何度か話したことがあるけど、あいつ、絶望的なほど自分が見えていないのな。いっつも他人が悪いって、そればっかり。まるで聞く耳持たずだから、俺ははじめからおしまいまで、愚痴の聞き役に徹《てっ》しているしかなかったな。

九把原みたいなやつには特にだけど、下手に忠告できないんだよな。言われたことを、ただ僻《ひが》んで受け取るだけだから。それに、いつもこっちが正しいとは限らないし。

結局、自分の問題点には自分で気づくしかないんだよ。何で現状は、こんなに苦しいのか、とか。うまくいかないのか、とか。

答え探しをしていると、俺なんか、自分の頭の出来の悪さに、泣きたくなるよ。

ほんとは、俺だって偉そうに人に忠告できる立場じゃないんだ。できるのはせいぜい人の話を聞くことくらいだ。

でも、そのうちに、気づけるやつは自力で気づく。俺の経験では、たいてい自分の話した言葉のなかに、答えが隠れているみたいだ。問いのなかに、すでに答えが含まれていることも多い。

だから、小野も話したいことがあったら話せ。秘密は守る。話だけは、聞いてやるから」

「それってもしかして、秋津は女の子の愚痴を聞くのを趣味にしてるってこと？」

わたしの質問に、秋津は露骨に嫌そうな顔を見せた。

「うーん、なんか違うような気もするけど……だいたいそういうことになるのかな」

あきれた。

わたし史上、最も理解しがたい趣味の持ち主かもしれない。だけど、この人はどういうわけで、好きこのんで他人の愚痴なんか聞きたがるんだろう。そんなことをして、いったい何の得があるっていうんだろう。

わたしは一見したところでは、何の特異性も感じさせない男子高校生を見上げた。

「ほんとは女子に近づきたいだけなんじゃないの？　じつは下心、あったりするんでしょ。このあいだの、結婚しない宣言はもしかして、カサノバ的な人生を実現するため？」

そうしたら、秋津はこんどこそ憤慨《ふんがい》の顔つきになった。

「それはない。言っただろ、俺は女子が苦手なんだ」

「言葉じゃ何とでも言えるよね。だけど、苦手ってふうには見えないな。ひとりでいる女子のとなりに、なぜかあんたがいる——ふつうに考えてみてよ。生き物が、わざわざ苦手なものに近づいたりする？」

「そりゃあ、ふつうはそうだよ。だから、言ってるだろ。俺には俺の都合があるんだ。なんでも見た目だけで簡単にわかられてたまるか。誰にでも事情がある。そうだろ？」

——そのとおりだ。

だけど、秋津の事情というやつには、どうしても想像が及ばなかった。

やっぱり秋津は、ただの女好きなんじゃないだろうか。


秋津に励《はげ》まされて、少し元気が出た。

ふたりで反省会をやったあと、わたしは秋津と別れた。

それから自宅までの道のりを、病みあがり人のような気分で歩いた。熱が下がってだいたい楽になったけど、すっきりしすぎて、どこかうそ寒いみたいな感じ。

もう少しだけ時間をおいて、後悔の熱が完全に冷めたら、秋津に言われたとおりに、結城さんに謝ろうと思った。

ついでに、わたしの個人的な事情も話そう。言い訳ってわけじゃないけど、そうしないと伝わらないものがあるような気がした。

誰かと平和にやるのって、やっぱり難しい。だけど、そうありたいと望むなら。

言葉が必要だった。

あなたはこう思っているんでしょう？　思っているはず——これこそ不幸を呼ぶ誤解のはじまりというもの。よくやる間違い。

そうじゃないから。ほんとは、こうなんだから。

相手がじっさいにどう思っているかなんて、当人に確かめるしかわかりようがない。その人を理解したければ、根気よく会話を交わしてみるしか、やりようがない。

自分でもつかみきれない『気持ち』を、ぜんぶ相手に伝えるには、たぶん、言葉は力不足で、不完全だ。

でも、そうだとしても、わかろうとする努力をするとしないのとじゃ大違いだ。わたしは非力で失敗ばかりしているけれど、よくなるために、よくするために、何かをしたかった。

そう、わたしは失敗をした。

だけど、わたしは、あのときのわたしを許すことにした。自分のことを嫌いになって、気に入らないって腐ってたって、どうしようもない。

わたしにどうにかできるのは、過去のわたしではなく、いま以降のわたしだけなんだから。

11

家に着くと、窓に明かりが灯《とも》っていた。

めずらしい。姉がこんなに早く帰っているなんて。

玄関を開けると、居間の戸が開いて、姉がひょっこりと顔を出した。

「やっと帰ってきた。遅いから先にごはん、食べちゃったよ。

冬休みが始まったとたん帰りが遅くなるなんて、一応、青春を謳歌《おうか》してるんだね、あんたも。ま、そのうち彼氏を紹介されてあげるよ」

姉はありそうもない憶測《おくそく》をしたあと、青春謳歌活動の内容を確かめることなく、さっさと居間に引っ込んだ。

姉にとっては比較的早めの帰宅時間も、バイトも塾通いもしていない高校生であるわたしには、じゅうぶんに遅い時間だった。

ダイニングテーブルの隅《すみ》に置いた時計が、午後九時二十分を指している。わたしは作り置きしてあったカレーをあたためて、自分のための夕食を準備した。

姉は台所には来ず、居間のまんなかに据え置いたこたつと一体化して、しきりにノートパソコンのキーボードをたたいていた。

カレーを食べながら、居間のほうを見るともなく見ていた。

ふだんはかけない眼鏡をしっかりと装着して、肩をいからせている。散乱する書類、分厚い紙束、ふせんだらけの本のせいで、足の踏み場は、残りあとわずかだった。

これは姉の生活に周期的に出現する、ありふれた景色――データ処理の最終局面なのである。

ここ数日、姉はよほど忙しくしていたらしく、わたしたちは、まったく顔を合わせていなかった。わたしが寝てから帰ってきて、起きる前に出ていっているのか、泊まり込みだったのか、それさえはっきりしないくらいだった。

当然、バイト先にも顔を出している様子はなく、お茶会もずっとお預けになっていた。

ためしに冷蔵庫をのぞいてみたけれど、今日も甘いお土産《みやげ》は見当たらなかった。

冷蔵庫を開閉する音が聞こえたのか、居間のほうから、姉の声が飛んできた。

「あ、お茶菓子は買ってあるからね。固焼きせんべい。椅子《いす》に掛けてある袋のなか。帰りに駅前のスーパーで買ってきたんだけど、そこのおせんべい、この頃、食事代わりに重宝してるんだ。干し椎茸《しいたけ》味と、煮干し味、どっちがよかった？」

最近の、姉のライトな食生活ぶりがうかがえる発言だった。

だけど、片手間にできる食事なら、べつにせんべいじゃなくて、サンドイッチやおにぎりでもいいんじゃないのかな。

それなのに、あえて固焼きせんべいを選択し、さらにそれを食事ばかりか、お茶菓子にまで活用しようとするのは――どういうわけなんだろう。

姉の気持ちが理解できなかったが、わたしはとりあえずお茶を淹《い》れた。煎茶《せんちゃ》、ふたりぶん。それから、『固焼きせんべい煮干し味』をお皿にあけて、居間に運んでいった。

すでにこたつの上には、お盆がのせられるだけの場所が、ちゃんと空けてあった。

「ありがとう。ちょうどひと区切りついたから、ちょっと休憩する」

姉はパソコンのふたを閉じると、さっそく卓上のせんべいに手を伸ばした。

「おすすめは鰹節《かつおぶし》味なんだけどね、」

と、姉はせんべいを元気よくかみくだきながら言った。

「ああ、固い食べ物ってやっぱりいいなあ。気分がくさくさしてるときは、固焼きせんべいに限るわよね。癒《い》やされる。

あ、そうそう、鰹節味ね、これがいちばんおいしいんだけど、いつ見ても、たいてい売り切れてるんだよね。まあ、いつかそっちも試してみてよ。煮干し味と干し椎茸味は、いつでもある。昆布《こんぶ》味は、あったりなかったり」

ばりばり音をたててせんべいを食べ、しゃべる合間に、姉はさらりとわたしに訊《き》いた。

「それでどうなのよ、このごろは」

——何のこと?

なんて、とぼけたって無駄だってことはわかっていた。何かあるって確信があるときしか、姉はこういう訊き方をしない。

「うん、なんとかやってるよ」

あんまりうまくいかないけど。

今日もさっそく新たな失敗をして、へこんでいる真っ最中だけど。

「知り合いにいろいろ相談したら、ちょっと元気出た」

わたしは秋津に感謝しかけ——急いで取り消した。

——よく考えたら、もともとは、あいつのせいじゃない。そりゃ、うっかり安請け合いしたわたしにも責任はあるけど。それにしたって——。

ひそかに憤慨《ふんがい》していると、姉はくすくすと笑いだした。

「何だか思ったより元気そうなんで、安心した。ここんとこ、何かいつもと様子が違ってたから、気にはなってたんだけど」

「くわしいこと、訊かないの?」

「話したいなら聞くよ」

「そうじゃなくて、知りたくないの？」

「うーん、好奇心なら、人一倍あるわね。でも、あえてそこに触れないのは、大人のたしなみってやつですよ」

姉はわざとらしく、他人行儀な口調を作って言った。

そうやって、姉は自分の心配性を茶化したつもりなのだろうけど、わたしはふつうに感心した。

「すごいね。お姉ちゃんは。わたしはそうしたいと思っていても、なかなかできないよ。うっかり人の痛いところに触れちゃったりする。いろいろ、うまくやれない」

「そんなふうに思うのは、ひなたの心がまだ、柔らかいからかもしれないな。べつに悪いことじゃないと思うよ。喜ばしいことかと訊かれると、どうだかわかんないけど」

「心が柔らかいって……なんか、嫌だな。すぐにひしゃげちゃいそうで」

「平気だよ。そのうちしっかり形ができてくるから。そのときが来たら、嫌でもそうなる。そしたら心は一応、安定するけど、そのかわり今度は形を変えることが難しくなる」

「どっちにしても、不満が残るってこと？」

「まあね。だから迷って動けなくなったときにはとりあえず余計なことは考えずに、ひたすら自分の気持ちが『よし』という方向に進めばいい――って、わたしの先生が言ってた。ま、思うようにやっていれば、それなりに、なるようになるってことじゃないのかな」

先生って、姉の研究室の責任者のことだろうか、とわたしは思った。

わたしにとって、姉の上司であるその人は、ほとんど未知の人物だった。

姉は、相当におしゃべりな性質だったけれど、彼についてばかりは、ほとんど語ることがなかったからだ。人柄や私生活についてはもちろん、悪口さえも。

話題にする機会が少ないのは、彼のことをあまり好きではないかららしい——という感じだけは伝わってきた。家に帰ってきてまで、彼のことを思い出したくない、というのがほんとうのところじゃないだろうか。たぶん。

そういえば、姉はかつて一度だけ、彼のことをこんなふうに評したことがある。

『職業人として、文句なしにオーソドックスな生き方をしている人』

つまり、力の理論に従って、ぐいぐい生きている人らしかった。確かに、姉の好みに反するタイプの人かもしれない。

「だからってもちろん、苦手なそぶりなんて見せないわよ。なんてったって、上司だもん。でもねえ、彼、とにかく残念な人なの。学問を職業にしてしまった以上、仕方がないことなのかもしれないけれど。

出世意欲が異様に旺盛《おうせい》で、来たるべき教授選に備えて、出世工作には寸分たりとも手を抜かない。目下の人間の手柄を横取りするのも、目上の人間に異常なくらい愛想《あいそ》よくするのも、朝飯前よ。

ああいう人に迎合しなきゃならないのは悔しいけど、これは……まあ、生きていくことに家賃と食費と税金がついて回るくらい仕方がないことだと思ってる。

　正直、いまいましいけれど、いまのところは我慢するしかないのよね。どこの世界でもそうだろうけど、とりあえずはある程度出世しないと、何ひとつ思うようにならないっていうのは、ほんとうのことだから。

　もちろん、彼の下にぶらさがってるわたしたち、助手もね。とりあえず、彼にはがんばって出世してもらいましょう。運があれば、こっちも彼の恩恵を受けられるわけだし。非力な助手の身でできるのは、目先の仕事に励《はげ》んでひたすら機会を待つこと。それでだめなら、もうしょうがない。そのときは縁がなかったとあきらめて、いまの仕事以外に打ち込める何かを開拓するわ」

「学者の世界って、実力主義じゃないの？」

「そりゃあ、他業界にまで名前をとどろかせるような、文句なしの成果が出せればね。それか、芸能人並みに露出に励んで、タレント学者になるとか。でも、ふつうはそうはなれないでしょ。上司の引き立てがほとんどすべてだと思う。

　これ、又聞きの又聞きなんだけど、教授になれるかどうかって、やっぱり気まぐれがずいぶん影響しているらしいわよ。選考者の。

　優秀ってこと以外、情報のないふたりの候補者のどちらかを選ぶ場合にね、片方の名前に聞き覚えがあったから、そっちが採用になったとか、学部に同姓の教授がもういたから落とされた、とかって噂《うわさ》を、聞いたことがあるもの」

「作り話でしょ」

「いや、あり得る話だと思うよ。学校って、やっぱり俗世とはちょっと違う価値で回っているところだから。切羽詰まって損得とか採算を考えなくていい特殊世界——そりゃ、進歩を競う場ではあるけれど、そこそこ偉くなると、性急に実利を求められることもない。となると、どうしても責任者がそのまま権力者になりがちでね。何でも責任者の思惑次第、っていう研究室もめずらしくない。個人がルール化するのね。そしたら、大方の基準がその人の主観になって——ようするに、好き嫌いで物事が決められちゃう場合もでてくる。

たとえば、あるアイデアがあって、それが画期的なものだったとしても、上司の意にかなわなければほぼ確実に採用されないから、事態はなかなか合理化していかないの。指導者個人の権限が強すぎるところでは、非常識が常識になったりするのよね。

『航路の決定』が、たったひとりのリーダーの資質に依存しているなんて、ちょっとしたギャンブルだわ。主観と客観のバランスが取れていて、かつ、行動力と思慮深さを合わせ持った指導者なら、それはそれで言うことなしだけど、そうじゃないから問題なのよね。

個人って、どうしたって偏《かたよ》っているものだから。完全な公平さなんて、もともとこの世のものじゃないんだろうけど。

だから、不満は尽きないけれど……とりあえずは興味深い仕事にかかわれているってだけで、満足してる。いまのところはね」

姉はちょっと唇をゆがめて、老獪《ろうかい》な魔女みたいに笑った。

姉は現在、研究室で助手の仕事をしている。もともとは、植物遺伝子関係の仕事につきたくて選んだ学校だったらしいけど、途中で気が変わって、脊椎《せきつい》動物の中枢神経系――思いきり動物方面の学問にかかわるようになった。

わたしとしては、あの、しわしわで湿った不気味な物体をつぶさに観察するなんて、物好きとしか思えないけれど、あのしわしわこそが、姉にとっては汲《く》めども尽きぬ、『驚異』の源泉らしかった。

「現代のテクノロジーって、すごいよね。不完全なりに、人の精神が目に見えるんだよ」

ＭＲＩの画像や、数字の羅列《られつ》を見ながらうなったり、にやにやしたりしている姉は、傍《はた》目《め》にはかなり怪しい人だった。興味の対象って、ほんとうに人それぞれだ。

それにしても、姉はなぜ、植物方面から動物方面へ転向したのだろう。わたしは煮干し味の固焼きせんべいをかじりながら、考えていた。

そういえば、姉が転部した理由を、わたしは詳しく知らなかった。当時小学生だったわたしは姉の進路に関心がなく、あとになってちらりとその話題が出たときも、ふーんと思ったただけだった。

でも、今日は気になった。

――どうして急に気が変わったの？

姉妹だからって、何から何まで話してもらえるってわけじゃない。それはじゅうぶん承知していたけれど、いったん気になりだしたら、いますぐ知りたくなった。

さいわい、それを確かめるのには、うってつけの機会だった。大人のたしなみは、わたしにはまだ、手が届かない。

「お姉ちゃんは何で、脳みその研究なんかしたいと思ったの。植物学者のほうがだんぜんおしゃれな気がするけどな。生々しくもないし」

ほんとうにそう思った。植物だろうと動物だろうと、わたしは研究職というものにまったく魅力を感じていなかったから、ぜんぶ部外者が勝手に思い描く無責任なイメージにすぎなかったのだけれど。

あっさり理由を明かしてくれると思ったら、意外にも姉は複雑な表情を浮かべた。

「うん、それね……」

姉は少し言いよどんだあと、少し間を置いて、思いきったように言った。

「わたしの黒歴史のせいだね」

「黒歴史？」

姉にそんなものがあったとは、初耳だった。

いや、たいていの人に黒歴史はあるものだと思うけど、仕事以外のことには万事、のんきに暮らしている姉に限って、そんなものはないんじゃないかと、なぜか本気で思い込んでいた。

「うん、もう、我が人生最大の汚点にして、暗黒の歴史」

「それ、このまま訊いても大丈夫？」

かろうじて大人の分別をかき集め、姉に確かめた。

「いいよ。このさい悪用の可能性を怖《おそ》れずに、告白しましょう。愚《おろ》かな年長者の得た教訓を、他山の石とするように」

「なに？　悪用の可能性って」

「そのまんまの意味だよ。自分の弱点をさらすときにはよく相手を選ばないとだめだってこと。明かされた秘密は、いったん関係が悪くなると最悪の凶器になる。すごく的確な人格攻撃に使えるネタになるからね。

特にそれが克服不可能なたぐいの弱みだった場合、相手に心臓《しんぞう》を握られているのも同然だよ。だから諸事あって秘密を打ち明けるなら、ほんとうに信用に足る相手か、もし傷つけられても許せるって相手じゃないとだめ。

もっとも、相手に何を言われても気にならなければ――たとえば、その時点で弱みを克服できていたりしたら、どうってことないんだけどね」

そこで姉は、前置きに切りをつけるように、こほんと咳《せき》払いをした。

姉の話は、唐突にはじまった。

「わたしには、幼稚園の頃からずっと一緒だった友だちがいたんだけど――」

姉の言葉はすぐに、わたしにセーラー服の少女の姿を思い起こさせた。

彼女の名前は、深田硝子《ふかだしようこ》さん。姉の親友。物静かで、笑い方までひっそりとした人だった。襟《えり》に白いラインの入ったサージの上着。紺《こん》色のスカーフ。姉と同じ、桜川《さくらがわ》女学院の、あの制服。

そうだった。当時、姉は、いつも彼女と一緒にいた。制服の姉のかたわらには、必ず硝子さんの姿も見つけることができた。

家が近かったのだ。ふたりは、同じ中高一貫校に通っていた。行き帰りもたいてい一緒。絵に描いたような仲良しだった。

「硝子はもともと、公立の中学を志望していたんだけど、受験日にインフルエンザにかかってね、試験を受けられなかったの。で、結局、保険で受けていた桜川に来ることになった」

「そういうこと、やっぱりあるんだね」

「あるね。だけどわたしは硝子と同じ学校に通えることになって、大喜びしたよ。

それで、三年後。今度は高校受験。硝子は外部の高校を受験したけれど――」

「もしかして、また？」

「そう。今度はインフルエンザじゃなくて列車事故だったんだけど。踏み切りにトラックが飛び込んできたんだって。びっくりするほどのタイミングの悪さだよね」

「なんか、気の毒だな」

「うん。でもわたしはやっぱりうれしかった。どんなにたくさん友だちがいても、わたしにとってのいちばんは硝子だったから。わたしたちは、やっぱり一緒にいる運命だなんて思ったりして、ね。

　だけど、さすがにそのあとは別々になったよ。彼女は文学部志望だったし」

「そっか」

「で、高校の卒業式の日。涙のホームルームが終わって、いよいよさよなら、ってときになってね、硝子に言われたの。ずっとあなたが嫌いだった、って」

　わたしは相づちをうつのも忘れて、姉の顔を見た。

　チョコレートをかじったら、備長炭《びんちょうたん》入りのカレールーだった、って感じの衝撃が、わたしを呆然《ぼうぜん》とさせていた。何と言っていいのかわからない。

　姉はかすかに笑って、何でもないことのように先を続けた。

「びっくりするでしょ？　もし、ひなたがわたしだったら」

べつに、姉じゃなくてもびっくりした。

「何それ、昔の冗談?」

念のために訊いてみた。

「だったらよかったんだけどね。硝子はそういう冗談、言うタイプじゃないんだ。残念ながら」

姉はのんびりとお茶を啜《すす》った。

「どうして、って訊けなかった」

びっくりしたっていうのもあったけど、怖かったのね。うっかり質問しちゃって、硝子の口から出てくる答えを聞いてしまうのが……怖かった。

結局、わたしたちは、そのあとひと言も話さずに別れちゃった。硝子は東京、わたしは地元に残って、以降、連絡することもなし。さっぱりしたものよ。

だけど訊かなかったぶん、長く引きずることになった。

いろいろ考えたわよ。あれが悪かったのか、これが悪かったのかって」

「だからって、そんなの変だよ。何か、不可抗力的な事情があったのかもしれないじゃない。あとで硝子さんに確かめてみればよかったのに」

「不可抗力って?　これから卒業、これまで学生を縛っていたあらゆる制約から晴れて解放されるって日にだよ?　口にする言葉は、おおかた本音だと思うけどね。じじつ、あの発言について、硝子は何も説明しようとはしなかったし」

そう言われてみると、確かにそんな気がしてきた。

「まあ、心当たりはなくはなかったんだ。

さすがにあそこまで嫌われてるとは思わなかったけれど。

わたし、自分でも気づかないうちに、硝子に依存しすぎていたのかもしれない」

――依存？

姉にはひどく不似合いな言葉に思えた。

しっかり者のお姉さん。

わたしの知る限り、姉は誰からもそんなふうに呼ばれていた。もちろんわたしも、そう思っていた。わたし自身、物心ついたときから姉のことを、お母さんみたいに頼りにしてきた。

姉はほんとうに何でもできたのだ。困ったときには助けてくれたし、嫌なことがあったときには励ましてくれた。

なにより、家事全般を引き受けて、仕事が忙しくてほとんど家にいないお父さんの代わりに、保育園の送り迎えまでしてくれた。

小学生になってひとりで留守番ができるようになると、送り迎えはなくなったけど、やっぱりわたしにとっては、頼りになる姉だった。

だから、お母さんがいないことを、ほとんどつらく思わずに済んだ。同じ境遇の、他の子たちのことを考えたら、ずいぶん恵まれていたと思う。

感謝している。すごく。でも、どこかでそれをあたりまえだと思っていた。世話をしてくれる人がいて、話を聞いてくれる人がいて、それがあたりまえの、日常。

だけど、姉はどうだったんだろう。

世話をしてくれる人。話を聞いてくれる人。甘えられる人。

——お姉ちゃん自身は、どうしてたの？

そうだ。いまごろ気づいた。姉には、わたしにとっての姉にあたるような人が、いたのだろうか。


「ちょっといい格好、しすぎてたのかもしれないな」

姉は、おどけたそぶりで肩をそびやかした。

「家事のことじゃないの。気持ちのほう。けっこうきついときも、あるのはあったよ。こんなこと言うのはひどいってわかってるけど、お母さんの記憶がないあんたをうらやましく思ったこともある。

覚えてるから恋しいんだ、だったらこんな思い出、いっそのことなかったら、苦しい思いをしなくて済んだのに、って。

ほんとは、恋しがることのできるお母さんの記憶を持ってるわたしのほうこそ、恵まれてるのにね。なのにときどき、そうは思えなくて、そんな自分に腹が立って、よく落ち込んだ。

その頃流行ってた、アメリカのホームドラマが妬《ねた》ましくて直視できなかったくらい」

姉はそう言って笑ったけれど、その笑顔は、すごくぎこちなかった。

「じつは、いまでもまだ少し、そうなのかもしれない。ほら、ああいうドラマって、子供が悩んでるとき、親が部屋まで励ましに来てくれるでしょ。

ベッドの端に座って、黙って話を聞いて、最後にはぎゅっと抱きしめてくれる。大丈夫だって言ってくれる。

ひょっとしたらあれも、問題を放置するのを嫌う文化が作り上げた、一種の『型』なのかもしれないけど……」

姉はため息をついた。

「すごく、うらやましかった。

べつに話を聞いてもらったからって、状況が変わるわけじゃないし、問題はまだぜんぜん片づいていないんだけど、なんだか救われたみたいな気持ちになるのは、現状がどうでも、とりあえずこの親子関係があるって思えるからなんだよね。

わたしには、それがなかった。べつに不幸じゃなかったけど、やっぱり、うらやましかったな。

行き詰まったり、どうしたらいいかわからなくなったときに、誰かに思ってることをすっかり打ち明けたくなるときってあるでしょう？　そういうときには、特にね」

お父さんに相談したらよかったのに、とは、言えなかった。

お父さんは忙しい。残業と出張だらけで、家に帰ってくるときも、することは食事と睡眠だけ、みたいな人だ。だけど、もっと構ってほしいなんて、わたしも姉も、けっして口に出さなかった。

お父さんにこれ以上を求めるのは無理だって、何となくわかっていたから。

案の定、姉は言った。

「……お父さんには相談できなかったな。それに、できることは、もうやってくれてる、ってわかってたから。外でお金を稼いできてくれて、わたしたちを何不自由なく暮らさせてくれる。大方のところ、それでじゅうぶんでしょ？

実際問題として、あの頃のお父さんに時間的な援助を求めるのは無理だったし。変に家事に注文をつけられたり、細かく指図されたり叱《しか》られたりしなくて、かえって助かってたところもあるし。

でもね、そつなくやろうって気持ちが強かったぶん、弱みを見せられる相手が必要で、でも家のなかにその相手がいなかったものだから、わたしはその役を、硝子ひとりに押しつけていたのかもしれない。『親友』っていう都合のいい『形式』に甘えて。もちろん、当時はまったく自覚がなかったわけだけど。

救いがないわね。

わたしが望んだことは、あの子の望まないことだった。わたしがあの子のためだと思ってしていたことは、たぶん勘違いの産物で、しかもそのことに、わたしはまったく気づけていなかった。

真実が明かされたときは、きつかったわよ。でも、どうにか受け入れた。何が正しくて正しくなかったかなんて、あとから検証してみたところで、どうにもならないしね。

わたしがどう思おうと、何を弁解しようと、硝子がわたしを嫌いだと感じていたことは事実なんだから。わかったことはひとつだけ。あの子はずっとわたしのとなりにいて、ぜんぜんしあわせじゃなかった。

そりゃあ、ひとこと言ってくれればよかったのに、って思わないでもなかったわよ。だけど、あとになって考え直した。きっと、言えなかったんだろうなって。

なにしろこっちは、何をするにも、善意や親切のつもりでやっているんだからね。こういうお目出度《めでた》い相手に、『不都合な真実』をわからせるのって、相当の気力がいるのよね。

ところが、彼女にはそうするためのエネルギーが足りなかった。何かに力をそがれていたせいなのか、過去の経験がそうさせたのかはわからない。

でもとにかく、そうだったんでしょうね。

何より、本人がいちばんつらかったと思う。嫌いな人と、平気な顔をして親友面《づら》してなきゃならないなんて」

姉は、またため息をついた。

「言葉にしろ、エネルギーにしろ、足りないって、過剰なのと同じくらい厄介《やっかい》よね」

「言えなかった硝子さんの事情って、何だったんだろう」

「それなのよ。わたしもあとから振り返ってみたんだけど、なんにも思い浮かばなかった。家のなかはうまくいってるって聞いてたし、わかりやすく欠けていたものもなかった。

つまりはそういうことだったのよね。

わたしは硝子のことをなにも知らなかった。そのくせ、わたしのほうじゃわかってるつもりで、節操なく自分を押しつけてた。

あとから高い所に立って、過去を俯瞰《ふかん》してみれば、そういうことがよく見えて、何とかもうちょっと工夫していればどうにかなったような気もしたけれど……これって、ほんとうに気のせいなんでしょうね。どうにかできたんじゃないかっていうのは、それこそ思い上がりってもので。

やっぱりああなるしかなかったんだよね。わたしたちは別れるべくして別れただけなんだと思う。痛すぎる教訓つきで。

そうやって、無理やり自分を納得させたけど、ショックで軽く半年ばかり落ち込んだわ。何をやってても気が散って。同時に必死で抜け道を探してた」

姉らしい、と思った。

転んでも、誰かに助け起こしてもらおうとはしないところが。

「それで、たどり着いたのが、人の頭の中身の研究だったってわけ。わたしは抱え込んでしまった不安を、不安を感知している張本人、脳を知ることで克服しようとしたの」

「うまくいった？　克服」

つい、口をはさんでしまったわたしに、姉は首をかしげた。

「うーん、わかんないな。とくに魂《たましい》が成長したような気もしないし。思うようにならないことは、やっぱりなくならないし」

「望んだ職についても、やっぱりそうなの？」

「そうだよ。どこまでいっても相手にしなきゃならないのは『自分とは違う人たち』なんだから。同じ目的を共有して努力している仲間にしたって、じっさいのところは、競争相手なんだし。研究室セミナーとか、げんなりするよ。あれ、発表者の粗探しをすることが自己アピールになるみたいなところがあるから。

ナイーブな脳を抱えて、よくわかんない世界をおっかなびっくり生きていかなきゃなんないのよ。わたしたちは。あんまり細かいことを気にしてたら身がもたないよ」

「お姉ちゃんは強いな」

「ぜんぜん。そんなことない。好きで飛び込んだ世界なのに、本気でやめようとしたこともあるんだよ。じつは」

「お姉ちゃんが？」

意外だった。天職、って感じに見えたのに。

「そう。仕事が嫌になったっていうより、環境の理不尽さに腹が立って――というか、あのときは腹も立たないほど打ちのめされてたんだよね」

姉は、仕事をやめようとした理由には触れようとしなかったけれど、そのときの気持ちについては、いろいろと話してくれた。

「――それでね、わたしは電車に乗っていたの。

窓の外は真っ暗だったし、乗客もまばらだったから、まあ、遅い時間の電車だったんでしょうね。よく覚えてないな。ひたすら虚《むな》しくて、まさに絵に描いたような絶望状態。ぼーっとしちゃって、何にも考えられなくてね。歯ぎしりするほど口惜しいのに、涙も出ないの。

そしたら、その人が来たの。

いつから同じ車両に乗っていたのか、気づきもしなかった。もっとも、わたしは自分の感情のお守りをするのに精いっぱいで、まわりの状況になんて、少しの注意も払っていなかったから、当然だったんだけどね。

その人、しばらくのあいだ、わたしの前に立っていたわ。とにかく大荷物でね、どこかに旅行してきた帰りだったのかもしれないな。そのうち、その荷物をひょいと網棚に押し込んでね、わたしのとなりに腰をおろした。他に空いている席がたくさんあるのに、よ。長椅子状のシートをギシリときしませたその人に、わたしは何となく目を向けた。

そのとたんに、話しかけられたの。

『お菓子は好き?』って。

いま思えば、相当変な人よね。でもそのときは、気にならなかった。きっと、警戒する気力も残っていなかったんだな。

それに、傍目にはむしろ、彼女よりわたしのほうが不審者に見えたと思う。あのときは、泊まり込み最後の日で、三日ほどお風呂に入ってなかったから。たぶん、顔色なんかも土気色だったと思うし。むしろ、よく怖がらずに声をかけてきたな、ってあとになって感心したくらい。

訊かれた内容が意外で、そのせいでかえって素直にうなずいたら、その人は手提げのなかから小袋に入ったビスケットを出してきてね、はい、ってくれたの。

そのあとは、お互い、ひと言も口を利かずに、電車に揺られていた。それから、その人はわたしと同じ駅で降りて、違う方向に歩いていった。

あんまり惨《みじ》めそうに見えたから、見ず知らずの人にまで同情されたのかなって思ったら、何だか悲しくなっちゃった」

姉は当時の光景をそこに見ているかのように、視線を宙にさまよわせた。

「だけど、そのビスケット。何てことのないクリームサンドだったんだけど、びっくりするほどおいしくてね。いや、お腹《なか》が空だったってこともあるのかもしれないんだけど。あれほど深刻に悩んでたことを、一瞬忘れたくらい」

「ふうん、それで？」

「さっそくその週のうちに暇を作って買いに走ったわよ。もちろん大量買いするつもりで。パッケージに店の名前と住所が印刷してあったから、それをたよりに」

そこまで聞いたところで話の筋道が読めてきた。

おいしいクリームサンドビスケットなら、わたしも食べたことがある。姉がお土産として持ち帰ってきたことが何度もあるからだ。

「もしかして、その人が大槻《おおつき》さんだったとか？」

「そのとおり」

姉は厳《おごそ》かに言った。

「それで、どうなったの」

「運命の人を見つけた、って思ったわ」

真面目な顔で言われて、わたしはとまどった。そういう言葉はふつう、異性に対して使うものなんじゃないだろうか。それとも、まさかの恋心？

姉の真剣な表情に影響されて、あらぬ想像をしかけたところで、

「奇跡だと思ったわ。殺伐としたこの世界で、その上、あんなふうに地味な喫茶店に、天使を発見するなんて！」

恋心というより妄想の一種なのか？　と、考え直した。

一応、答え合わせをやってみた。

「天使って。それ、どういう意味？」

「話し相手を見つけたって意味よ」

「話し相手？」

わたしは、やっぱり意味がわからずに訊き返した。

「話し相手を天使呼ばわりするなんて大袈裟《おおげさ》だな。知ってる人なら、誰だって話し相手になるじゃない。新しい知り合いができたからって、奇跡だなんて大袈裟すぎ」

「だから、そういう、社会の潤滑油的な会話をする相手じゃなくて。もっと私的で、心にぐっとくる話ができる人っていうのかな。つまり何というか……」

姉は焦《じ》れながら言葉を探していたが、間もなくそれを見つけて、指を鳴らした。

アメリカのドラマに出てくる俳優みたいに。

「そう、わたしはあの日、『わたしのベッドの端に座ってくれる人』を見つけたのよ。まさか、ほんとうにベッドに座りに来てもらったわけじゃないけど。大槻さんはわたしが知りたいことをたくさん知ってる人だった。いつも訊きたいことを返してくれるってわけじゃないけど、無駄話をしているうちに、いつの間にか指針を与えてくれた。

何をどうしろって教えてくれるわけじゃないの。たいていは、自分の経験を語ってくれるだけ。だから、わたしが勝手に都合のいい解釈しているだけなのかもしれないけど。それがまるで、お母さんが生きていたら言ってくれそうなことで、わたしはすごく……」

姉はそこで、ちょっと言葉を途切れさせてから、言った。

「……いい人だと思った」

姉の言い方に、わたしは切ない気持ちになった。

姉は大槻さんとの関係を言いあらわすのに、最後まで友だちという言葉を使わなかった。さっきまでは気づかなかった。いままで意識もしていなかったけれど、確かに――そうだった。

姉はいつの間にか、自分と誰かの関係に、『友だち』という言葉を使わない人になっていた。硝子さんとの別れを語る姉の口調はごくあっさりとしていたけれど、その経験が姉に与えた痛手は、言うほど小さくはないみたいだった。

「いやだ、そんなふうにしんみりしないでよ。ああは言ったけど、べつに大槻さんとは、お母さんの面影を求めてつきあってるってわけじゃないんだから。

　そうでなくても、すてきな人だよ。わたしもあんなふうに生きたいって思わせられる人。そうね、日常生活の先生って感じかな。彼女と話していると、安心する。あたたかな気持ちになる。だから――」

　姉の話を聞いているうちに、言わずにいられなくなった。

「なんか……ごめんね」

　いきなり謝ったので、姉は少し面食らったみたいだった。

「何の話？」

「お姉ちゃんには、お姉ちゃんがいなかったんだもんね」

「何言ってるの。そんなの、あたりまえじゃない」

　姉はけげんそうにわたしを見た。だけど、わたしの感傷はとまらなかった。

「お姉ちゃんがいてくれてよかった」

　姉はしばらく黙っていぶかしそうな顔をしていたけれど、やがて、

「なんだ、そういうことか」

　と、笑いだした。

「それを言うなら、わたしのほうこそごめんだよ。お母さんの愛情をほぼ、ひとり占めし

ちゃった。亡くなったときはもちろん盛大に落ち込んだけど、ひなたがいてくれて助かった。なんだかんだ言って、あんたが面倒かけたり心配をかけたりしてくれるから、気がまぎれるようなところもあったし」

「そうなの？」

「そう、そう。だからこの件についてはお互いうらみっこなしだね」

姉は湯呑《ゆの》みのお茶を飲み干すと、熱いお茶をつぎ足した。湯呑みに満ちていく緑の液体に視線を落としながら微笑《ほほえ》んだ。

「ああ、今日は恥ずかしいことをいろいろしゃべりすぎたな。どうも、暴露欲求が高まってるみたい。アルコールも入っていないのに、変ね。ひょっとして、今夜は満月なのかしら」

姉はついと手を伸ばして、最後の固焼きせんべいを手に取った。半分に割って、片方をわたしに差しだした。

「だけど、ぜんぶ吐きだしちゃったら、なんかすっきりした。話し相手がいるってやっぱりいいね。お母さんのことも久しぶりに話した」

「そうだね」

わたしは、淋《さび》しいような、満ち足りたような、奇妙な気持ちになりながら、姉から受け取った半月型の固焼きせんべいをばりばりと食べた。

その夜は、ほんとうに満月だった。

まさかそのせいで、姉が自分の黒歴史を公表する気になったわけではないだろうけど、お風呂の窓から見上げた夜空には、それを疑わせるほど、立派な月が出ていた。くっきりと黄色く輝いて、じりじりと燃えているような月だった。

月の引力が人間の思考や行動に干渉するって話、あれって、ほんとうなんだろうか。もしそうなのだとしたら、わたしもあの満月にあてられたのかもしれない。

どうしてそんな気になったのか、自分でもよくわからなかった。

もしかしたら、結城《ゆうき》さんとのやりとりでへこんでいたせいで、少しでも慰《なぐさ》めになるような何かを求めていたのかもしれない。わたしもいつかの姉みたいに、天使の羽に触れてみたかったのかも。

とにかくその夜、窓枠の向こうに浮かんだ月を眺めながら、とりとめのない考えにふけっているうちに、わたしは面識もない大槻さんという人と、話してみたくてたまらなくなった。

お風呂からあがる頃には、すっかりその気になっていた。

——明日、大槻さんに会いに行こう。

12

お昼ごはんを食べて、英語の問題集をやって、お風呂掃除をしてから、わたしは家を出た。おやつの時間に、お茶を飲むため——というのは口実で、大槻《おおつき》さんに会うために。

歩きながら、とりあえず、声のかけ方を考えてみた。いきなり、

「初めまして。こちらでお世話になっている、小野《おの》の妹です」

と切り出すのは……。

——なんだか変だな。

これじゃあ、娘の職場に探りを入れに来た過保護な親みたいだ。

でも、そしたらどうしよう。だいたい、何を話していいのかわからない。同級生を相手にするときと違って、ずいぶん年上の女の人が何に興味を持っているかなんて、想像もつかなかった。

——困ったな。

喫茶店なんだから、何か注文をして、長居しながら、話しかける機会をうかがおうか。

だけど、うまくできるかな、そういうこと。常連客ってわけでもないのに。

それに、大槻さんのこと、お姉ちゃんの話で聞いているから、よく知っている人のような気がするけど、ほんとうはそうじゃない。

散々思い悩んだあげく、最後にはとうとう、

――仕方がないから、今日は買い物だけして帰ろう。

という、穏当な結論に落ち着いた。大槻さんと対面したときのために用意したせりふは、こうだ。

『ビスケット、ありますか？　バニラクリームを挟んであるやつなんですけど』

あれを姉へのお土産《みやげ》に買って帰ろう。それだけでも、じゅうぶん無駄足じゃなかったって言える。次に大槻さんに会うときは、一応、顔見知りってことになるんだし。

わたしは弱気な自分を無理やりに正当化しながら、その店の前に立った。

それから。

思わず、あっ、と声を出してしまった。

扉には、『本日休業』の札が出ていた。

――なあんだ。

それまでぴんと張りつめていた気持ちが一気に緩んで、ぼうっとしてしまった。

――そういえばここ、不定期に休む店だった。

そのことを、いまのいままですっかり忘れていた。わたしは以前と変わらず民家そのものに見える店の前でしばらく呆然《ぼうぜん》としたあと、他にやりようもなく、おとなしく身体《からだ》の向きを変えた。

立ち去りぎわ、ぷんと甘い匂いが鼻についた。

うっすらとあたりに漂う――これは、お菓子の焼ける匂い。

そのときになってようやく気がついた。きっと、いきなり初対面の人に会いに行く、っていう、どきどきものの緊張が解けたせいだ。

未来に集中していた注意を、やっといまに向ける余裕ができて初めて気づいたその匂いは――香ばしい小麦と、うっとりするようなバニラの組み合わせだった。

わたしはそのすてきな香りを、胸いっぱいに吸いこんだ。

――焼き菓子を作ってるんだな。今日はお店、休みだけど……明日出すぶんかな。

通りがかりに店の窓に目を遣《や》ると、カーテンが半分開いていた。

未練がましく、ちょっとなかをのぞいてみた。

うす暗くてよく見えなかった。

ため息をひとつついて、あきらめた。今日のところはとりあえず出直そう。そのときはちゃんと姉に営業日を確認してからにしよう。

わたしは間抜けな失敗に学びを得ながら、来た道を引き返しはじめた。

ところが。

いくらも行かないうちに、女の人の声に呼び止められた。

「ちょっと、そこのグレーのコートのあなた」

振り返ると、さっきまで閉じていた扉が開いていた。

年配の女性がそこから半身のぞかせて、わたしを手招きしていた。


店のなかは、まるで予算不足のドラマのセットみたいに殺風景だった。

あたりには装飾らしきものがまったくなく、ふたり掛けのテーブルがいくつか並んだフロアに小さな調理場と、お菓子を並べるためのガラスケースが併設された、シンプルすぎる造りのお店だった。

休業日とあって、お客のいないがらんとした空間は、すかすかの木箱のように見えた。小窓から射す淡い陽《ひ》の光が、空気中をゆっくりと舞いおちる塵《ちり》を、金色にきらめかせている。床に伸びた細い光の帯の向こうに、淡い影が灰色の猫みたいにうずくまっていた。

ＢＧＭはかかっていなかった。そのせいで、暖房器の作動音が低く耳についた。

静かだった。

冬の陽射しと、外にいたときよりぐっと濃くなったバニラの香りに包まれて、わたしは小さなテーブルにかしこまっていた。

「ひなたさんは、紅茶がよかったのよね」

カウンターの向こうから、初対面とは思えない親しげな口調で、大槻さんが言った。

大槻さんがわたしの好みを知っているのは、姉が話したからだろうと察しがついたけれど、その口ぶりには、単に話で知っている人に対する以上の親しみがこめられていて、わたしはなんだか落ち着かなくなった。

「紅茶、ふつうので大丈夫かしら。じつは、コーヒーも紅茶もひと種類きりしかないの。喫茶店っていうのは、お客さんを安心させるための仮の姿で、ほんとはここ、素人《しろうと》のやってるお菓子屋だから」

大槻さんが、ポットとカップとお菓子をのせたお盆を手にして近づいてきた。ほっそりとして、背の高い人だった。お菓子作りをライフワークにしている人だから、もっと福々しい人を想像していたけれど、じっさいはぜんぜん違っていた。

大槻さんは、ひっつめに結った髪から三角巾をとって、わたしの向かいの席に腰かけた。テーブルの上で、丁寧にそれを折りたたんだ。

「さっき、窓からこっちをのぞいている、おさげ髪の女の子が見えたから——」

顔を上げてわたしを見た。

「真琴《まこと》さんの妹さんかもしれない、って思って、急いで声をかけたのよ。そしたら、ほんとうにそうだった。おさげ髪、久しぶりに見るわねえ」

珍品を眺めるようなまなざしを向けられて、顔から火が出そうになった。

変わった子だと思われたかな、って。

だけどそういうわけでもなさそうだった。大槻さんはうれしそうに微笑《ほほえ》んだ。

「わたしたちの若い頃はふつうに見かけたのに、いまじゃ、三つ編みにしている女の子ってぜんぜんいないんだもの。なのに、真琴さんの妹さんは、毎日おさげ髪にしてるっていうでしょ？　どんな娘さんなのか、いちど会ってみたいと思っていたのよ。

それにしてもその髪型……よく似合ってるわねえ」

何て答えていいのかわからなかった。よく似合ってるなんて、面と向かって言われたのは初めてだった。だいたい、この髪型はおしゃれなんかじゃなくて、どうしてもまとまってくれない強情な癖っ毛をおとなしくさせておくために採用した、仕方なしの方法だった。しかも、細い髪はあまり長くなるともつれてたいへんだから、肩のあたりまでしか伸ばすことができない。

できることなら、癖のない、つややかな髪を長く背中にたらしてみたかった。お人形みたいなさらさらのロングヘアーは、わたしには手の届かない憧《あこが》れだった。

「すみません、お休みのところへ、図々しくおじゃましたりして」

わたしはしどろもどろになりながら、頭を下げた。あらためて、自己紹介もした。

「いえ、いいえ、ちょうどお休みの日でよかったわ。私的なお客さんのあるときは、仕事がたてこんでいないほうがいいもの」

「あの、わたし……」

——なんだっけ。

わたしはそのときまで、頭のどこかに紛れ込んで行方不明になっていた用件を、やっと思い出した。

「ビスケットを買いに来たんです。ええと、いつも姉ともども、おいしくいただいています」

それだけで、話は通じたらしかった。

「ああ、あのビスケットね！」

大槻さんはぽんと手を打つと、さっと椅子《いす》から立ちあがった。カウンターの向こうに引き返して、すぐにそれを持ってきた。

小さなサンドイッチみたいなビスケット。白いお皿の上に、ピラミッド状に盛りつけられていた。

「今朝、新しく焼いたばかりなの。ほんとにいいタイミング。昨日だったら切らせていたところだったわ」

大槻さんが皿をテーブルに置くと、バニラの匂いが一層、強くなった。

「あの……」

「どうぞ、召し上がって。焼きたてって、日を置いたのとは、またちょっと違う風味があるから」

大槻さんに勧められて、わたしはいい匂いのするビスケットに思いきりよく歯をたてた。やっぱりいい匂い。そして――、

――すごく甘い。

「甘いでしょう？」

考えていることをすとんと見透かされたみたいで、わたしはまた、どぎまぎした。

「生地に使う砂糖を控えてあるぶん、ふつうよりクリームを甘くしてあるの。バニラもたっぷり。元気が出るお菓子よ。食べる人だけじゃなくて、作るほうも。ところで、わたしたちが知り合ったきっかけ、お姉さんから聞いた？」

「はい」

「そう。じゃあ、わざわざこれ買いに来てくれたってことは、お姉さんに元気が不足しているのかな」

「姉は元気です。忙しそうだけど」

「じゃあ、元気がないのはあなたかしら」

わたしは思わず大槻さんの顔を見た。

ずいぶん率直な話し方をする人だと思った。わたしなら、初対面の人にそんなふうにス

トレートな訊《き》き方はできない。たとえ何かが少し、気にかかったとしても。

「ふふ、そう警戒しなくても大丈夫よ。あなたの秘密を無理に聞きだそうとしたりなんかしないから。お茶を飲んで、お菓子を食べていってくれれば、それでけっこう。もし、話し相手が不要なら、わたしは仕事に戻るわ」

そんなふうに言われると、こっちのほうで、いてもらいたくなってしまった。わたしは席を立ちかけた大槻さんを、あわてて引き止めた。

「いえ、いてください。わたし、大槻さんと話したいです」

「あら、そう?」

大槻さんは、またしてもあっさりと椅子に座り直した。

「じゃあ、何の話をしましょうか」

にこりと笑った大槻さんに、わたしはとまどわずにはいられなかった。話すことがない。とりあえずお店のことを褒めてみようか。すてきなお店ですね、って。

でも、すぐに考え直した。とくに変な店ってわけじゃないけど、すてきっていう感じでもなかった。

小ぢんまりとした調理場に、思いつきでつけ足されたみたいなそっけない喫茶コーナー。フロアには、しゃれた小物もかわいいインテリアも、定番の観葉植物さえ、置かれてなかった。

どちらかというと、喫茶店というよりは、学校の食堂みたいだ。こんなんじゃ、店が大繁盛って感じにならないのも仕方ないかなと思った。

といって、そのことを話題にするのはためらわれた。しかたなく、わたしは自分の話をすることにした。

「元気が出るビスケットだなんて、ありがたいです。最近、うまくいかないことばっかりだったから」

大槻さんは大きくうなずいた。

「うまくいかないことか。あるわよねえ、あるある。とくに女の子時代はね」

それから大槻さんは、遠い目をした。過ぎてしまった過去を思い出すみたいに。

――そうか、この人にとって、うまくいかなくて苛々《いらいら》したり、ちゃんとできなくて自己嫌悪に陥《おちい》ったりするのは、もう遠い過去のことなんだ。

いま、わたしの目の前で何事かに思いを巡らせている大槻さんは、日常のなかでじたばたしているわたしとは別の、静かで清らかな境地に存在している人のような気がした。

自分のお店で、好きなことをしてゆったりと暮らしているように見える彼女が、わたしはうらやましくなった。

――どうしたら、あんなふうになれるのかな。

誰かが元気を失《な》くしていたり、落ち込んでいるときには、甘いお菓子をお供に、話し相手になってくれる——なんて、すてきすぎだ。

そんなことを考えているうちに、大槻さんはふいと過去から現在に戻ってきた。

わたしをじっと見ながら言った。

「ものごとが思うようにいかなくて、くさくさして、どうしてもいつもどおりでいられないときにはとにかく、やってると心が落ち着くことをするのがいちばんよね。こんなこと、誰でも知ってることなのかもしれないけど。

あなたはもう見つけたかしら。自分のこころに元気を取り戻す、奇跡の活動を」

わたしは大槻さんの唐突な質問に面食らいながら、首を振った。

そんな魔法みたいな方法があったら、すごく助かるのに、と、ほんの少し、いまいましく思いながら。

「そう。まだ見つけていないのね。まあ、その若さじゃね。これからよね。

わたしは、物心ついてこのかた、うまくいかないことだらけだったものだから、けっこう早い時期から探したわよ。手さぐりながらに、いろいろやってみたけれど、なかなか見つからなくてね。

だけど、必死で探しているうちは見つからなかったものが、何の前触れもなく、ふっと見つかることってあるのよ。ほんとうに。

わたしの場合は、実の母親との思い出だった。

突然思い立って、お菓子を焼いてみたの。そしたら、すっかり忘れていた過去が、ほとんど現実みたいな生々しさをもって、鮮明によみがえってきたの。

きっかけは、匂い。ほんの四、五歳の子供の頃、オーブンの前で待っているわたしが、そのときの自分に二重写しになった感じがした。

弾けるような光のなかで、お菓子を焼いている母の顔が見えたの。すごく穏やかで、しあわせそうだった。そのことを思い出して——そしたら、嘘《うそ》みたいに気持ちが楽になったわ。わたしはまだまだしぶとく生きていける、って思えたの。

そのうちに、嫌なことがあるたびにお菓子を焼くようになってね。生地に火を通しているときの、あの香りに癒《い》やされるのね。食べものの匂いでしあわせになるなんて、直截的《ちょくせつ》過ぎてロマンチックさのかけらもないけれど。

それが高じて、いまじゃ、こうして流行らない店まで出しているんだから、我ながら進歩がないわね」

大槻さんは朗《ほが》らかに笑った。

「長く勤めた会社を無事に引退されて、好きなことでお仕事を始められたのに。それでも嫌なことって、あるんでしょうか」

「あるわね。生きている限り、ままならぬことは、なくならないものよ。この世はうまくいかないことでできているんじゃないかって思うくらい」

意外だった。

見るからに落ち着いて、平穏な世界に生きているように見える大槻さんに、言うほど気に入らないことがあるとは思えなかった。

わたしがそんなふうには見えない、と言うと、大槻さんは言下にそれを否定した。

「わたし、この熱量の低そうな外見のせいで、おとなしくていい人って誤解されがちだけど、ほんとはすごくわがままだから。足るを知るなんて境地からは、程遠いの」

謙遜《けんそん》かと思ったけれど、そういうわけでもなさそうだった。

大槻さんははっきり言った。

「わたしは子供の頃から潔癖なところがあってね、ものごとに完全を求めるのは無理だって、わかってはいるつもりだけど、どうしたってあきらめが悪いの。うまくいかないことを、できるだけ修正していきたい、って思ってしまうたちなのね。だから、この歳《とし》になっても、納得できないことがたくさんある。傍目《はため》にはたぶん、どうでもいいことにこだわっているように見えるんでしょうけど」

大槻さんはまた笑った。いつかの姉の笑い方によく似ていた。

「ところで、さっきの、最近うまくいかないことばかりって話だけど。八方塞がりだっていうんなら、いっそのこと、どうでもあなたの好きにしてみたらどうかしら。どうせ何かをしなきゃならないのなら、とりあえず気の向くことをしたほうが楽しいじゃない？」

大槻さんの意見に、わたしはぽかんとしてしまった。うまくいかないことが、好きなようにして解決するのだろうか。だいたい、

「好きなように……ってどうやったらいいんですか」

いつでもちょっとした我慢と一緒にやってきたわたしには、好きにしろと言われても、何をどうすればいいのか、よくわからなかった。

「あなたがいいと思うようにやればいいのよ」

「でも、思うようにしたりしたら……思うとおりになりません」

思わず不平口調になったわたしに、大槻さんは首をかしげた。

伝え損ねた意味を補うために、わたしは急いで言葉をつけ足した。

「わたし、ふつうでいたいんです。変わったことなんかやりたくないです。無難に日々をやりすごせればそれでじゅうぶんなんです」

そんな必要もないのに、少しむきになっていた。思うようにしたらいいなんて簡単に言う大槻さんに、反発を感じていたのかもしれない。

大槻さんは平気な顔で、わたしの言い分をそっくり受け入れた。

「そうね。

思い通りにするって、意外に力がいるものよね。だけど、じっさいにやってみたら、想像していたほど、たいへんなことじゃないかもしれないわよ。わたしの場合はそうだった

から、言うんだけど」

「大槻さんがそうでも……わたしには無理です。わたしは何をやっても中途半端なんです。どこかでうっかりしてしまうんです。自分でもあきれちゃうくらい。きっとこういうの、出来のいい人にはわかりません」

「出来のいい人って、それ、もしかしてわたしのこと？」

大槻さんがくすぐったそうに笑った。

「隣の芝生は青く見える——の、具体例みたいなこと言うのね。

確かにわたしの芝生は外からはすてきに見えると思うわ。というか、どこの誰の芝生でも、たいていはそう見えるんじゃないかしら。

中身はどうでも、外見をそれらしく整えておくことを、人はマナーと呼ぶのよ」

「ほんとはそうじゃないってことですか」

「そうよ」

あっさり言い切って、

「興味があるなら話しましょうか？　そのあたりのこと」

大槻さんは気前のよすぎる提案をしてくれた。

もちろん、わたしは即座に傾聴の構えをとった。

大槻さんはまず、自分の生い立ちに、さらりと触れた。そんなに詳しくというわけじゃなかったけれど、短い語りのうちに要点は簡潔にまとめられていて、わたしは大槻さんの話から、彼女の半生をすんなりとイメージすることができた。

大槻さんはいまをさかのぼること六十三年前、地方の旧家に、長女として生まれた人だった。

父方の祖父母、父母、叔父ふたりと叔母ひとり、加えて妹がふたりに、お手伝いさんがふたりという大家族で、家族全員が、同一の家業に従事している、事業家の家だったそうだ。大人数での居住に由来する複雑な思惑や好悪感情が渦巻く、前時代的な家庭だった、と大槻さんはつけ加えた。

「わたしはその家の、跡継ぎ娘だったの。もちろん、養子をとって家業を継ぐ段取りも、自動的に整えられていたわ。子供は三人とも女なんだから、誰が継いでもよさそうなものだけど、そうはいかなかったのね。

というのも、妹ふたりは後妻さんの子供だったから。この人と、祖母の仲がそりゃあ悪くてね。ほんとにドラマそこのけの闘争ぶりだったわよ」

そういう家庭環境は、大槻さんをひどく憂うつにしたらしい。

「家族仲《なか》がいい家っていうんなら、人数が多くても、まだしもだけど。

毎日お腹をすかせていたわけじゃないから最悪っていうと、ちょっと言いすぎかもしれないけれどね、それでも……ずいぶん難しい家だった。

男はそろいもそろって高圧的で自分勝手だし、女は女で怨念《おんねん》まみれで、家のなかには暗い情念が澱《よど》んでいるみたいだった。皆がお互いに傷つけ合って、苦しがって、憎悪がどんどん増幅していく感じ。

中学生の頃くらいまでは、何かをうまく変えられたら、どうにかなるかもしれないって、いろいろ考えてみたこともあったけど……高校に入る頃には嫌でもあきらめずにはいられなかったわね。もう、この家の人たちはどうにもならないんだって。

人間って、囲われた場所にたくさんで住んでいるのがとかく、苦しみの元になるんだと思うわ。

必要とは思えないしばりが何重にもかけられていて、にっちもさっちもいかないの。ひたすら風通しが悪くて、カビが生えそうなくらい陰湿。お互いわざわざ言わなくてもいいようなことを言ったり、したりしてね。

そういうのがほんとに嫌だったけど、子供って基本的に居候《いそうろう》だから、そういう大人の影響からは逃げようがないのよね」

そんな大槻さんは、高校を卒業した年の秋に、親の決めたお婿《むこ》さんを取ることになっていたらしい。だけど彼女は、親の言いなりにはならなかった。夏が来るのを待たず、家出を決行した。

なけなしの現金で安い部屋を借り、職を探した。さいわい、運命の女神は大槻さんの味方をしてくれた。できたばかりの会社の、雑用係の仕事を手に入れた大槻さんは、夜間の会計学校に通い、ほどなく新米事務員の職に納まった。

当時の感覚じゃ、それしきのことが、大それた冒険だったのよ、と大槻さんは言った。

「それで、実家の人は、大槻さんをずっと放っておいてくれたんですか？」

「それがね、わたしが家出をして間もなく家業に問題が発生して、それどころじゃなくなったみたいなの。あとで知ったところでは、叔父が会社のお金をだいぶ使い込んでいたみたいなんだけどね。

とにかく家出以来、わたしはずっと家の外で暮らしたわ。一度も帰ることはなかった。それきり紆余曲折《うよきょくせつ》を経て、実家とはすっかり縁が切れちゃった。とうとう結婚もしなかったし、わたしはいまや完全に天涯孤独の身の上ってわけ」

「そんなの……淋《さび》しくありませんか」

わたしは他人事《ひとごと》ながらに心細くなって訊《たず》ねた。

「まったく淋しくなかったかって言われると、そうでもないんだけど、それを差し引いてもひとりの暮らしはじゅうぶんに楽しかったわね。育ちが育ちだから、大家族に憧れなんか持ちようもなかったし。友だちはときどき、スカウトすればよかったし」

「スカウト？」

「これはと思う人に、声をかけるのよ。こちらから選んで、つきあいを始めるの。断られることも、続かないこともあるけれど——家族と違って、えり好みできるのが友人のいいところ。

孤独なんかよりもむしろ、他人の目のほうが厄介《やっかい》だったわよ。女性のひとり暮らしはいまじゃめずらしくもなくなったけど、当時はねえ。いろいろ言われたわ。

ふつうじゃないとか。人として問題があるとか。それがいかにも異常なことみたいに」

大槻さんはため息交じりに微笑んだ。

「だけどね、みんながみんな、『ふつう』になんて、生きられるわけがないのよね。ふつうって、謙虚なふりしてけっこう要求度が高いんだもの。あれって、なんとなく誰にでも手が届くと錯覚《さっかく》させられてる、理想の一種なんじゃないかしら。

ほら、小さな子供は月を簡単に手に取れるって、思い込んでいたりするでしょ。そんな感じ。

だけど、『ふつう』が要求するレベルの高さに、わたしは否応《いやおう》なしに気づいていたのよね。何といっても、実家があれだから。

わたしの実母は、わたしが物心つくかつかないかの頃に病死したんだけれど、結局のところ、あの家で嫁をやる重圧に殺されたんだと思ってる。その点、後妻さんはたいした生命力の持ち主だったけど、それにしたって、少しも楽そうには見えなかったわね。

結婚、育児、仕事——家のなかに発生する葛藤《かっとう》と軋轢《あつれき》。わたしにはとてもじゃないけどやりこなせないと思ったの。あんなふうに幅広い責任と義務には耐えられない。

　ぼんやりなりに、わたしは自分のだめさも、能力の程度もわきまえていたから、これはうかつに、『あちら側』には踏み込めないぞ、って決意を新たにしたりして。

　そりゃ、ぜんぶそつなくこなせる、すごい人もいるにはいるんでしょうけど、わたしにできることとは思えなかった。だから、持っているエネルギーのぜんぶを自活に向けて投入したの。

　生き方を決めるには、気力だけじゃなくって、体力も考慮しなきゃ。持久力のあるなしとか、筋肉量とか、栄養利用効率とか、ストレス耐性とか、そういうこと。みんながみんな、厳しい職業につけるわけでもないし、たとえつけたとしても、続けるのには、やっぱりある程度の適性が必要だと思うの。

　そういえばこの頃は、勤め人に対する要求も、高くなる一方よね。しかもいまや、それがふつう。どんな無理を要求されても、できてふつう。

　ときどき、若いお客さんに言われるの。わたしのことがうらやましいって。

　確かに、就業機会には恵まれていたと思うわねえ。パソコンやなんかができる前だったから、事務員の需要も多かったし。

　でも、それなりに面倒なこともあったわよ。難しい人がいるのは、いまも昔も同じだから。だいたい人中で生きるって、べつに生産的なことを何もしていなくても、気力も体力もやたらと使うものなのよね。基本的に面倒だし、対処を怖がってるときりがないし。

それでも、ひとりで生きることをやめたいとは思わなかったな。

単身で生活を維持するのはそれなりにたいへん。保証のない心細さとは背中合わせ。なかなか危うい賭《か》けみたいなところがあるから誰にでも勧めないけど、何といっても自分の生活を自分で管理しているって感じが、たまらなくよかった。楽しみだってたくさんあった。

そうね、ひとり暮らしを始めた頃はね、連載小説目当てに雑誌を何誌も購読していたわ。それから、給料日には上等の蒲鉾《かまぼこ》を買って、一本まるごとひとりで食べるぜいたくがこたえられなかった。思いついたケーキのレシピを夜更かしして作って、お菓子の匂いに心置きなく包まれてみたり。寝て過ごす休日も最高だった。

うかつに公言はできないけれど、わたしの人生のテーマは一貫して、『向上心なんて犬に食われろ』だったのよね。わたしの追求するしあわせは、ただ、自分にとって『居心地のいい場所』を手に入れること。それに尽きたの。

このまま仕事さえあれば、こうやっていつまでも生きていけるんじゃないかって思いながら生きてきて――ほんとうにそうなった。いま考えれば、なんて能天気な将来設計だろうって、あきれちゃうけど」

「好きな人は、できなかったんですか」

余計なこととは知りつつ、つい、訊いてしまった。大槻さんは世に言う適齢期でこそなかったけれど、いまでも美人だったからだ。恋愛と縁がなかったとは思えない。ところが、

「できなかったわね。結婚してくれって言われたことなら、何度かあったけれど」

大槻さんはあっさりとロマンスの可能性を否定した。

大槻さんのしあわせ追求活動は、やはりふつうとは違う方向に徹底していた。

「わたし、これでも、外じゃずいぶん評判が良かったの。直接結婚を申し込まれるだけじゃなくて、うちの息子の嫁になんて話も、ほんとにあったのよ。

でもみんな勘違いしているのよね。社会活動中のわたしを好きなだけ。無難に生きるために、気配りも愛想《あいそ》も、社会人の義務だと思ってやってるんだもの、感じが良くてあたりまえだわ。でも、私生活でまでそれを期待されても困るから、ぜんぶお断りしたの」

いかにも大槻さんらしい考え方だと思った。それほど大槻さんのことを知っているわけじゃないのにやっぱり、そんな気がした。

「結婚って長々と、誰かと一緒に生活することでしょう？　ほんとうのわたしを知らないまま軽々しく結婚話を持ち出すような相手じゃ、あとで詐欺《さぎ》だって言いだしかねないって思ったの。こっちでも、勘違いをしている人に、自分の人生を預ける気にはなれなかったし。

だけど結局のところ、結婚はわたしの欲しいものじゃなかったのね。

いまにして思えば、切実に欲しがってもいないものに、手を出す余力がなかったってだけのことだったみたい。だから独り身生活を続けることに迷いはなかった。だって、わたしにはそれしかできなかったんだもの。

それがたまたまうまくいったのは、ほんとうに幸運だった。おかげさまで、事務員として定年まで勤めあげることができました。ありがたいことだわ」

大槻さんは、感慨深げに眼を細めると、演技を終えて幕裏に引っ込む踊り子みたいに、小さなお辞儀をした。

家族はあって当然みたいに考えていたわたしには、大槻さんの人生観は、ちょっとした衝撃だった。異質すぎて、うまく腑《ふ》に落ちない。そのくせ、割り切りのよすぎる大槻さんが、少しうらやましいような気もした。

言葉にしなくても、わたしの思っていることは何となく伝わったらしく、

「わたしの生き方は、あなたの思うふつうとは、違っていた？」

と、大槻さんはわたしに訊いた。

「でもね、これがわたしの『ふつう』なの」

そして、さらに声をひそめてつけ加えた。

「これは子供には内緒にされていることなんだけど——じつは、ふつうは、人の数だけあるのよ。自分のふつうを他人に押しつけたがる人が、自分たち以外の人のふつうを否定し

て、そうじゃないってことにしているだけ。

これは教育のせいかしら。それとも慣習のせいなのかしら。子供は、そういう人が言う『ふつう』が、唯一絶対の価値なんだって考え方に、知らないあいだに慣らされてしまう。

人に読み書きを教えてくれる学校はありがたいものではあるけれど、半面、不合理な集団教育だけはどうかと思うわね。

たとえば連帯責任ね、ああいうのって一見、うるわしい仲間意識を維持する必要要素みたいに見做《みな》されているけれど、じつは共同体を滅ぼす第一の原因だと思うのよね。

何ていうか、憎しみの教育？　いかにも、もと兵隊さんの養成機関らしい悲壮感あふれるやり方。だけど、人間、シリアスになりすぎると、ろくなことにならないから──」

今度は大槻さんの言っていることを、納得して受け入れることができた。

これは小学校でとくに顕著《けんちょ》だったのだけど、誰かが失敗すると全員でその責任を負うっていう仕組みが、至るところにあった。ずっと、誰のためになるのかわからないやり方だと思っていた。

だって、そんなことをすると、全員が嫌な気持ちでいっぱいになるから。

個を抹殺《まっさつ》して、みんなで力を合わせれば大きなことができるっていうけれど、こういうのはファシズム的な団結のやり方って、短期的には有力なのかもしれないけれど、どう考えても穏便に長続きするような方法とは思えなかった。

だって、そんなやり方が『好き』な人って、あんまりいないと思うから。

たとえ相手が家族だったとしても、嫌いな人のためにがんばるのって、すごく難しい気がする。

「だからね、自分のふつうに従うことは、ぜんぜん悪いことじゃないと思うの」

大槻さんは、ビスケットをぱきりと割った。

「好きは、元気の素だから」

「だけど、ただ自分の好みに従うのは、わがままじゃありませんか」

「わがまま？」

大槻さんが首をかしげた。

「それは、周囲に対して損害を与える行為だっていう意味かしら？　だとしたら、そうじゃないって断言できるわ。

あなたが楽になれば、あなたのまわりにいる人も、必ずその恩恵にあずかれるはずだから。納得できない何かを我慢させられている人より、心穏やかな人のほうが間違いなく迷惑度は低いし、親切だもの。

だから、なるべく自分の心を楽にしてあげるのがいい。怠《なま》けるってことじゃなくて、嫌悪感を拭《ぬぐ》えないような生き方に耐えたりしないほうがいい。

自分探し、って言葉があるじゃない？　ありもしないものを探している愚《おろ》かな人って揶《や》揄《ゆ》されることもあるけれど、自分にとって居心地のいいやり方や場所を求めるのをそう呼ぶのだとしたら、真っ当この上ない活動だわ。

嘘みたいに聞こえるでしょうけど、どの人にも別々の道があって、それに従うのがいちばん楽。効率がいいっていうのかしら。それを無理に矯正《きょうせい》しようとすると、かえってややこしいことになったりするのよ。たとえできたとしても、やりたくないことを続けていると、人って、荒《すさ》んでくるし」

「でも、みんなが好きなように生きたら、社会の平和が脅《おびや》かされます」

「そうかしら」

「そうだと思います」

「じゃあ、とりあえず試してみれば？　まずは、あなたから。もしかしたら、あなたの言う平和は、嫌なやつを支え助けるだけの有害な行為かもしれないわよ」

――え？

大槻さんの言いように、わたしはぽかんとしてしまった。

「それでもし、やっぱり違ってたっていうのなら、そのときにまた改めればいいだけの話じゃない。

人生はひとり、道なき道を行くがごとし、よ。しぼれるだけ知恵をしぼって、方向にあたりをつけたら、あとは勇気を出して歩きだすだけ。

前提が間違っていることや、理不尽なことを我慢してがんばったって、その先に待っているのは、不幸な死体になることだけかもしれないじゃない。

だったら、もう少し気楽に生きて、しあわせな死体になるほうがましじゃない？」

大槻さんの話は、わたしに、だだっ広くて目印のない場所を進んでいく旅人を空想させた。砂漠とか、草原とか、大海原とか。そういうところ。

そんな場所を、わずかな装備をたずさえて、ひとりで旅していく人。足もとに伸びた影だけが、彼の歩みに従っていく。

——人生はひとり、道なき道を行くがごとし。

それってつまり、

——思うように進んで、好きなところで行き倒れろってこと？

それにしても、人の数だけふつうがあるなんて、そんなにたくさんのふつうが存在したら、ふつう本来の意味はどこへいっちゃうんだろう。

大槻さんの話の輪郭《りんかく》はいたってあいまいで、その意味をつかまえようとすればするほど、わたしの手をするりと逃れて、遠ざかった。

13

クリスマスって、本来は敬虔《けいけん》な人たちが、信仰心を新たにする日なんだろうけど、この国に限っていうと、親しい人がいるしあわせを目に見える形で確認する日、なのかもって思う。

一緒に出かける。プレゼントを交換する。ご馳走《ちそう》を食べる。うきうきしちゃうクリスマス。

だけどわたしの場合、そういう楽しみも小学校を卒業する頃くらいまでのことで、いまでは浮き立つようなわくわく感とも、とんと縁がなくなってしまった。

まわりがどんなに幸福そうにしていても、それを見せつけられても、もはや気にならない。その上、いまのわたしは友人とは絶望的な関係を継続中。

もちろん彼氏もいない。

そんなわけで、わたしはクリスマスイブの今日も、自宅のこたつのなかで安楽を貪《むさぼ》っていた。

べつに腐《くさ》っているわけじゃない。今日がクリスマスであろうとなかろうと、するべきことはちゃんとあったし。たとえば、冬休みの宿題とか。大掃除とか。

姉は今日も朝早くから出かけていた。もちろんデートじゃなくて、仕事だ。ちなみに、今日はアルバイトの予定はないそうだ。

商売っ気のないことに、大槻《おおつき》さんはクリスマス前後には営業しないのだという。姉によると、大槻さんには毎年このあたりの日に、決まった用事があるということだった。

——恋人に会いに行くのかな。

そう考えて、自分の思考回路の単純さに、笑ってしまった。クリスマス付近に出かけるっていうと、何でデートだって思ってしまうんだろう。


午前中から数学の問題集にとりかかったものの、たちまち疲れてきて、ちょっと休憩するつもりでテレビをつけた。

うっかりそのまま観続けてしまう。そのうちに昼を過ぎ、そろそろお腹《なか》が減ってきた。ごはん作らなきゃ、なんて思いながら、なかなかこたつから抜け出せずに、さらにテレビを観続けた。

テレビの画面を目で追ってはいたけれど、内容はほとんど頭に入ってこなかった。ぼんやりしている。

こういうときって、何となく気にかかっていることを、ぐるぐる考えてしまったりする。テレビを眺めながら、何度も結城《ゆうき》さんとのやりとりを思い出した。

あの日以来、油断をすると考えてしまう。立ち去り際の結城さんの、凍りついたみたいな表情が、白いシャツについた頑固なシミみたいに、頭の隅《すみ》にこびりついていた。

気がかりというか、心残りというか。

――余計なことを言ったの、悪かったな。結城さん、まだ怒ってるかな。

いつの間にかわたしはまた、思い出している。

遠ざかる結城さんの後ろ姿。あとに残された、苦い気持ち。

勝手ながら、わたしは結城さんにはいつも自身満々で、クールにすましていてほしかった。女王には、毅然《きぜん》とした超越者であってほしい。彼女に苦悩は似合わない。

――じゃあ、どうしたらいい？

まさか、わたしが彼女をどうにかしてあげられるとは思えなかった。そんなことは無理だってじゅうぶんわかっていたけど、もしできることがあるのなら――そうしたいと思った。

気になる人。だからこそ、余計なことをしてしまう。

どうしてだろう。個人の込み入った問題にはかかわらないほうがいい。それが賢いつきあい方だと、わたしの理性はいつも忠告するのに。

おせっかいは煩《わずら》わしいもの。頼んでもいないのに、ずけずけ踏み込んでくる人は無神経なやつ。無責任な同情って、気に障《さわ》る。

――そうだよね？

わたしはそんなふうに他の人の気持ちを推量して、接してきた。

それが正しかったのか、そうでなかったのか――いまは、よくわからなかった。だけどとにかくそのやり方で、すごく嫌われたり、傷つけ合ったりすることもなく、そこそうまくやってきた。

そう、やってきた。もう、過去形で言わなきゃならないけれど。

結城さんの事情を詮索《せんさく》して、その上、何かを手伝いたいなんて考えは、まったくわたしらしくなかった。

自分でも、何がしたいのかわからない。わからないくせに、その考えを手放すことができない。もやもやは去らず、気分は少しもすっきりしなかった。

わたしはつけっぱなしにしていたテレビを消して、首までこたつにもぐりこんだ。あたたかい。ぐるぐると答えの出ない問題を考えているうちに、疲れて眠くなってきた。

きっと、おそまつな脳の容量が、またいっぱいになって、リセットの必要に迫られているのだ。

そのうちに、だんだん意識があやふやになってきた。そのまま気持ちよく眠りの底に落ち込みかけた。

そのとき。

ものすごい音量でインターホンが鳴った。

心臓《しんぞう》が跳ね、どきどきしながら目を開けた。この音には、忘れた頃にいつもびっくりさせられる。

我が家のインターホンは、音量が調節できない不良設備だ。油断していると、思いがけない大音量にぎくりとさせられる。呼びだし音が大きすぎるのだ。

姉の大学進学と同時にこのマンションに住みはじめて十年近くになるけれど、いまだに慣れない。それでもふつうに起きているときならいいけれど、うたた寝しかけているときなんかだと最悪だ。すぐそばで花火が爆《は》ぜたみたいな衝撃に、飛び上がりそうになる。

わたしは期待や喜びなんかとはまったく関係のない理由で胸をどきどきさせながら、こたつから這《は》いだして応答に出た。

「はい」

寝ぼけ半分のかすれ声に応《こた》えたのは、意外な人物だった。

「あっ、小野《おの》？　いま暇なら、ちょっと出てこないか」

クリスマスイブに男子と出かけるなんて、生まれてこのかた、初めての経験だった。

といっても、ぜんぜんデートではなかった。

「どうせ小野のことだから、家でゴロゴロしながら暗くなってるだろうと思って、寄ってみた」

おせっかい少年の失礼な推測によって実現した、これは慈善活動的な外出企画らしかった。

——わたし、秋津《あきつ》の慈善活動の対象なんだ。

そう思うと少しへこんだけれど、それ以上深くは考えないことにした。

「クラスの女子のことや、結城のことで気弱になってるみたいだったからさ、気晴らしにどうかと思って。たまにはやりなれないことやるのもいいもんだぜ。いくらか視野が広くなって、気分がよくなる」

という勧めに押し切られて、わたしは秋津の誘いに乗った。

「べつに平気なんだけどな」

「まあ、そう言わずに。どうせ、こたつで寝てるだけだったんだろ」

秋津に寝癖を指摘されて、わたしは跳ねた前髪をあわててなでつけた。

というわけで、秋津がわたしを連れだしたのは、映画でも遊園地でもフランス料理店でもなく、教会のバザーだった。

デートじゃないんだから、華やかな場所じゃなくていい。カップルが集まる場所を選ぶ必要なんかまったくない。だけど。

「何で教会なの？」

わたしは素朴な疑問をぶつけずにはいられなかった。

「小野は、教会なんかには縁がないだろうと思ったから」

「そりゃ、ないけど……」

――質問の答えになっていない。

しかも、ろくな説明もしないまま、秋津は唐突に話題を変えた。

「小野はさ、人生の目標って、ある？」

なんだか話が変な方向に逸《そ》れだした。しかも人生の目標とは、はぐらかし方がむやみに壮大だ。

「ううん」

「じゃあさ、不安だろ。どっちのほうに進んでいったらいいのかわからなくて、まわりはよく見えないし、怖くて」

妙な言い方だったけど、秋津の言いたいことはよくわかった。

わたしたちの年代って、知らない人にまで若いっていいね、これからだね、なんて、夢と希望のかたまりみたいに言われるけれど――そんなにいいものじゃない。

学生って、どちらかというと、不安と心配のかたまりだ。

つまり、人生の初心者ってこと。

知識も、能力も、度胸も——これまでに手に入れたものは、悲しくなるほどささやかで、頼りにするにはどれも心許《こころもと》なくて、進む方向すらよくわからずに途方に暮れている。思うのは、こんなこと。

——このまま大人になって、ほんとうに大丈夫なのかな。

身近な大人が与えてくれるメッセージは、いつだって脅しめいている。『学生のうちはいいけれど、この先、社会に出たらそうはいかないぞ』『社会はおまえらが思うほど、甘くない』

大人って、シリアスだ。ものすごく悲観的だ。

借金苦や、失業や、愛憎問題を見せつけて、わたしたちを怖がらせる。そんなだから、むやみに焦る。わずかな能力を頼りに生きていかなければならない時間の長さに、行くべき道の険しさに、心底怯《おび》えたりする。

——わたし、ちゃんとした大人になれるのかな。

何不自由ない暮らしをさせてもらっていながら、勉強以外に何をやったらいいのか思いつけなくて、何となく心配しているだけだなんて、愚《おろ》かなことなのかもしれないけれど、これは正直な気持ち。

秋津の問いは、わたしにとっても他人事《ひとごと》ではない問題だった。

「うん、不安はあるよ。ふつうにある」

「だよな。でも、あきらめるなよ。とりあえず生きてたら、たぶん……答えは見つけられるから。俺も、思いがけないところで見つけたんだ。自分の星を」

秋津はごく穏やかな口調で言った。

べつに得意そうな態度ってわけじゃなかったけれど、ちょっとムッとした。

「それって、しあわせ自慢？　彼女でもできたの？」

誰かのしあわせな恋の話を聞くと、どういうわけか皮肉っぽい気分になってしまう。べつに、彼氏を欲しがっているわけでもないのに。

なんとなくとり残された気分になってしまうのは、自分の持っていないものを持ってる人に、嫉妬《しっと》してしまうせいだろうか。

人生の目標を探さなくちゃなんて、さっきまで考えたこともなかったくせに。

「違う、違う。彼女なんかつくるもんか。このあいだ、言わなかったっけ。俺は結婚しないって。生涯を、星を目指して進んでいくことに捧げる予定なんだから」

「何なの。その、星って」

「だから、人生の目標だって」

「それ、結婚していたら都合が悪いようなことなの？」

「まあ、そう。俺、神父を目指してみようと思ってるんだ」

わたしはぽかんとしてしまった。これまでいろんな子が自分の夢を語るのを聞いてきたけれど、神父になりたいという人を目の当たりにしたのは初めてだった。なんて浮世離れした望みなんだろう。当然、訊《き》かずにはいられなかった。

「神父って、何でまた……」

「ありきたりな理由だよ。

空っぽでいられる職業だから。たくさんの人と接するのに、いや、それだからこそ、特別な誰かを作らなくて済む」

それ、ありきたりな理由なの？　空っぽでいたいなんて、変わってる。特別な誰かを作りたい、じゃなくて、作りたくないなんて、ぜんぜん理解できない。

そんな正直な感想を口にしかけて――やっぱりやめにした。

わたしは秋津のことを知らない。知らない相手を、そんなふうに気安く評価するべきじゃない。

なのに、秋津はわたしのほうを見て、くすりと笑った。

「小野はわかりやすいな。おかげで、つきあいやすくて助かるよ。きっと、いい大人に縁があったんだろうな」

「秋津はそうじゃなかったの？」

「途中まではね。だけど神様は俺にも、いい縁をくれたよ。小五のクリスマスに、ブラックサンタがやってきた」

　──何だ？　ブラックサンタって。悪魔か？

　遠慮なくけげん顔をしてやると、秋津はちょっと顔をうつむけて笑った。

「そのとき、俺は公園にいて、自殺するつもりだったんだ」

　大袈裟《おおげさ》に作ったけげん顔が強張《こわば》るのを、どうすることもできなかった。

　突然のシリアス展開にまごついていると、秋津の口調が急に軽くなった。

　そこからは弾みがついて、自分のことなのに、まるで他人事みたいな突き放しぶりで、秋津はどんどん話しはじめた。

「俺の両親ね、物心ついたときから、死ぬほど仲が悪くてね。とうとう俺が小一のときに離婚することになって、この町に引っ越してきたんだ。

　ぼろいアパートで、母親とのふたり暮らし。

　ほんとにたいへんだった。おふくろは、心を病んでいたから。

　炊事や買い物なんて雑用は、何でもなかったんだ。必要な金さえあれば、小学生だってじゅうぶん生活はできるご時世だしな。問題は、それ以外の部分。

　おふくろと一緒にいるのが、なによりつらかった。

　愚痴《ぐち》をこぼすんだよ。人の顔を見れば、それこそ一日中でも。いつも心が不安定で、その不安が俺にまで伝染して、気の休まるときがなかった。病気の本人がいちばん苦しいってのはほんとうだろうけど、ああいうのって、そばにいる人間のつらさだっておっつかっつなんじゃないかな。

　家族だから、不遇の時期を一緒にのりこえられるっていうけど、あれ、違うと思うな。かえって見ていられない。他人が相手なら、仕事だと思って割り切ってやれる親切や世話ができない。近すぎて、相手の不幸にまともに巻き込まれる。冷静じゃいられなくなる。

　えんえんと恨み言と泣き言を聞かされてると、女って、つくづく嫌なものだなって思ったよ。だけど、母親をそんな人間にしておいて、のうのうと再婚相手と暮らしている父親にはもっと腹が立った。ついでに、そんなふたりの子供として生きなきゃならない自分のことも大嫌いだった。

　きっと、なにもかも嫌になっちゃったんだな。あのときは、ほとんど何も考えずに、行動してた。縄跳びを持って、家を飛びだして、気がつくと公園にいた。何時ごろだったんだろう。まわりはもう真っ暗で、ちかちか光る電飾が街のところどころで目についたな。

　クリスマスだったんだ。

　神様がひとり子をこの世に遣わした日。みんながしあわせに過ごしている日に、この世から逃げ出すなんておもしろいなって思ったら、笑いがとまらなくなった。

　そのときになって初めて、自分が死ぬ気でここに来たんだって自覚した。

　縄跳びを握り締めて、首をくれそうな木を探したよ。だけどそれが、なかなか見つからないんだ。困ってうろうろしていると、彼がやってきた」

「ついに、ブラックサンタ登場か」

その場のシリアス濃度を少しでも薄めようとして、わざとふざけて合いの手を入れると、秋津はにやりと笑った。

そのさっぱりとした顔つきからは、当時の深刻さは少しもうかがえなかった。

だけど、秋津が暗黒の過去の持ち主だということには変わりがない。

おそらく、世の人々が年内有数の高団らん率を実現していると思われるその日に、ひとりで縄跳びを握り締めて、人気《ひとけ》のない公園を徘徊《はいかい》する小学生。

それを思い浮かべると、なんだか寒気がしてくるような、殺伐とした景色になった。

そんなふうに不審で、異常なそぶりの子供に声をかけたのは、近所の教会の、神父さんだったそうだ。たまたま切れた電球を買いに出てきていた彼は、帰り道に見かけた、見るからに怪しげな子供に声をかけた。

秋津は、ずいぶん驚いたらしい。白髪で、小太りの彼が、黒ずくめのサンタクロースのように見えたからだ。

ところで、このサンタクロースは電球と小銭しか携帯していなかったため、この子供におもちゃをプレゼントしてやることはできなかった。

そこで彼は秋津に、形のないプレゼント――おしゃべりの時間を贈った。

公園のベンチの端と端に腰かけて、彼は秋津に話しかけた。やがてぽつりぽつりと会話が始まった。秋津は、そのとき初めて、大人に自分のことを話したのだという。

ぎくしゃくした会話は、そのあと二時間近くに及び、神父はそのあと予定されていた礼拝に遅刻した。

後《のち》に、彼がサンタクロース風の一般人ではなく、神父だということを知った秋津は、ときどき彼の職場を訪ねるようになったそうだ。信心とか、お勤めとかいうことではなく、ただ『年上の友だち』に会って、話をするために。

「それで、神父さんの仕事に憧《あこが》れるようになったの？」

「いや、そうじゃなくて……小山《こやま》さん、ってこれ、その神父さんの名前なんだけど、彼が言うんだ。

『大きな声では言えないが、わたしは悩み多い人間でね。どうやら、心の出来があまり良くないようなんだ。それで、神父になった。これは今日まで誰にも秘密にしてきたことだが、私がこの職に就いたのは、じつに、聖職者にあるまじき不純な動機なんだよ』

心の出来がよくないってところに、俺も心当たりがあった。それで、あやかりたくなって、訊いてみたんだ。

神父になったら心の出来がよくなるんですか、って。

小山さんの答えはこうだった。

『そのあたりのことはわからないが、私の場合は、この仕事はずいぶんためになったね。というのも、他人の悩みごとにかまけているとね、だんだん自分のことを考えなくなるんだ。これは自己犠牲というのではなくてね、単純に自分について悩む機会が減るんだね』

へえ、と思った。始終頭のなかに居座っている、あの厄介《やっかい》な気分がそんなことでどうにかなるのかなって半信半疑だったけど——ものは試しっていうだろ。まあ、やってみた」

「……そうだったんだ」

ずっと謎だった秋津の不審行動の理由があっさりとあきらかになって、すっきりしたかわりに、何とも言いようのない陰気な気分になった。知ってしまった事情が、思っていたよりずっと深刻だったからだ。

秋津が、悩みありげだったり、元気がなさそうに見える女子のとなりに何となく座っている、その理由。その陰に、

——そんな過酷な家庭環境があったとは！

でも。

「……だったら何で、対象が女子限定なのよ」

「それは、母親のせい」

秋津は簡潔に答えた。

「いまはずいぶん回復したけど、当時は、俺の外付けの病気そのものみたいな人だったか

ら。女の人について、手っ取り早く知識が欲しかったんだ。あの人を少しでもうまく扱う手がかりを探すためにも、女子を相手にするほうが都合も効率もよかった。

それに、苦手に取り組むほうが得るところが多いっていうし。

でも正直なところ、やっぱりいまでも女子は苦手だな。子供の頃の経験が作る好き嫌いって、抜き去りがたいところがあるみたいで。

あ、でも小野はわりとましなほうだよ。女子感、ほとんどないから」

遅れて気づいた失言をとり繕《つくろ》うように、秋津はあわてて言い足した。

わたしは、秋津の配慮らしきものにあきれた。

「それ、言っちゃだめなやつだよ。女子感がないって、ふつうは褒め言葉じゃないから」

一応、文句をつけながら、秋津が結婚したくないと言うのも無理はないと思っていた。

一度手ひどく裏切られたものを、また信じることはきっと難しい。裏切られても裏切られても信じ続けるなんてこと、確かに、誰にでもできることじゃないかもしれない。秋津にとっては、それが家族なんだろうと思った。

でも、この先、時間が経って、過去の傷を穴埋めできてしまうほど、たくさんのいい経験をしたら――絶対に回復不可能ってわけじゃない……かもしれない。

「奥さんや子供がいなくても、ほんとに平気？」

「もし神父になれたら、女の人や子供とは、ずっと関わっていくことになるんじゃないかな」

「そうじゃなくて。自分の家族を持ちたいって、思わない？」

「だから、俺はその、所有感から逃げだしたいんだよ」

笑った秋津の後ろから薄陽が射していた。彼の髪を金色に縁どって。

家族はいらないと言い切る秋津には、少しの暗さも、深刻さもなかった。


だらだらと続く田舎道の坂を上りきった場所に、その教会はあった。

空にそびえる尖塔《せんとう》とも、荘厳なファサードとも、華やかなステンドグラスとも無縁の、それは、いかにもみすぼらしい建物だった。古い民家か、さびれた公民館みたいだ。

「何か、思ってたのと……違った」

わたしがひかえめに感想を述べると、

「すごく貧乏そうな教会だろ」

秋津は遠慮なく、わたしが言わなかった本音をつけ加えた。

バザーはもう始まっていて、たくさんの人たちが出入りしていた。建物は粗末だったけれど、敷地だけは広くて、そこにぎっしりと店が出ていた。

野菜を並べた一角があり、お菓子やパンを売っている店がある。古着、古道具、まだ新しそうな電化製品、山積みになった古本。教会のバザー、という言葉からイメージしていた、堅苦しい催しとは違って、にぎやかなフリーマーケットみたいだった。

「年末の不要品整理を兼ねて、毎年やってるんだ。信者さんだけじゃなくて、いろんな人が参加してる。このおんぼろ教会の稀少《きしょう》な、まとまった収入源のひとつ」

あちこちに会釈をしながら進んでいく秋津についていった。

教会の入り口は、ドアではなく、ふつうの引き戸だった。がらがらと引き開けて、あいさつをすると、奥からブラックサンタと思しき人物があらわれた。小柄な体に黒い衣服を身に着けた、どことなく、ドラえもんを連想させるおじいさんだった。

「おや、秋津君でしたか。そうすると彼女が……いや、これはうれしいお客さんですね。ゆっくりバザーを見ていってください」

「はい。あと、片づけもお手伝いします。人手は多いほうがいいでしょうから。ちょうどこの人も暇そうだったから、一緒にやってもらいます」

――ちょっと、誰が暇そうだったって？　こっちはアポなしの誘いにつきあってあげてるのに。

と思いつつ、顔には出さない。にこりと笑って、あいさつをした。

小山さんはわたしと秋津を交互に見ながら微笑《ほほえ》んだ。

「それはありがとう。助かります。

じゃあ、夕方までまだ時間があることですし、あがってお茶でも飲んでいってください。

さっき大槻さんが差し入れてくださったばかりの、おいしいビスケットがあるんですよ」

思いがけないところで大槻さんの名前を耳にして、わたしはどきりとした。

「大槻さんって、桃里町《ももざと》で喫茶店をされている方ですか」

ほとんど反射で訊いてしまったわたしに、小山さんはにこにこしながらうなずいた。

「そうそう、その人ですよ。彼女のお菓子はいつでも人気で、バザーの頼もしい稼ぎ頭です。じつに、あのビスケットは非常な美味ですから」

「俺たちはしあわせの味って呼んでる」

秋津が口を挟んだ。


お茶と、しあわせの味のするビスケットをたっぷりごちそうになってから、わたしはせっせとバザー会場の後片づけをした。

どんどん物を取り払って、取りつかれたように掃除をした。

品物を並べていた台や、売れ残った品物が残らず引き上げられて、人がすっかり姿を消してしまうと、あとにはだだっ広い地面だけが取り残された。

すでに日は落ちて、木々に切り取られた紺《こん》色の空には、たくさんの星がひっかかって、銀のつぶてみたいにまたたいていた。

わたしたちは小山さんのお礼の言葉と、ビスケットの残りをお土産《みやげ》にもらって、帰途についた。

声と一緒に吐きだした息が、ふわりと鼻先に浮かんで、宵闇《よいやみ》に溶けた。

「何の話？」

秋津はこちらを向かずに、わたしに訊いた。

「これって、『弱った小野ひなたをお茶に誘って、さりげなく励《はげ》ます企画』だったんでしょ。小山さんがしてくれたいろんな話も、それっぽかったし。さすが、おせっかい少年秋津。神父さんになる素質、すごくあると思う」

わたしの指摘に、秋津は気まずそうな顔をした。

「わざわざ、言うかな。そういうことは、気づいてもひっそり胸に秘めてだな――」

「いいじゃない。お礼を言うくらい。おかげで、いい気分転換になった。たくさん身体《からだ》を動かしたら、ほんとに気持ちが軽くなった。ちょっと、生まれ変わったみたいな感じ」

「だったらよかった」

秋津は笑って、立ちどまった。

わたしのほうに向き直ると、そのまま数歩後ろにさがって、手を振った。

「じゃあ、また」

「うん、またね」

わたしたちは駅前で別れて、それぞれの家に向かって歩きだした。

街灯の光が落ちる路上から自宅の窓を見上げると、黄色い明かりがついていた。姉はもう帰宅しているみたいだった。クリスマス付近に限って帰りが早いなんて、姉らしすぎて、ちょっと笑ってしまった。

居間に入ると、姉はこたつに腰まで埋まって、本を読んでいた。

こたつの上には、焼き鳥とか、フライドポテトとか、スモークチーズとか、酒のつまみっぽいものが用意されている。飲み物はジンジャーエールだ。そこはかとなく気分だけは伝わってきたものの、ぜんぜんクリスマスらしくない。

「きょうは、お土産があるよ」

わたしは焼き鳥の横に、肩掛け鞄から取りだしたビスケットの袋を置いた。

起き上がった姉が、それを見て、目をしばたたいた。

「あんた、これ……」

「どうしたと思う?」

「教会のバザーに行ったの?」

入手先をあっさりと言い当てられて、拍子抜けした。

「知ってたんだ。大槻さんがバザーに出品してるの」

「そりゃそうだよ。昨日、夜中までかかって大槻さんと一緒にこれを作ってたのは、何を隠そう、このわたしだよ」

道理で昨日だけは帰りが遅かったわけだ。かく言う姉は、さっそく袋を開けにかかっていた。

「ああ、やっぱりいい匂い」

大きく息を吸い込みながら、一枚とって、わたしに差しだした。それから自分のぶんも一枚取った。

わたしたちはしばし、無言でビスケットを味わった。

「これ、おいしいよね」

先に姉が言った。

「うん。ほんとにしあわせの味がする」

「あら、ちょっとうまいこと言うわね」

姉は満足そうにうなずくと、かすかに目を細めた。

「今日はいい日だな。

こういうしあわせを味わうために、わたしは生きているんだなあって気がする。思うようにならないことにしょっちゅう苛《いら》つかされるけど。面倒なことや、嫌なことだってたくさんあるけど。

それでもこういう時間があるから、やっぱりわたしはしあわせだ、って思えるんだ」

姉の言葉を聞きながら、わたしもほとんど同じことを考えていた。

なんてことのない、バニラの香りの甘いお菓子。だけどそれは、日常のなかにある喜びを思い出させてくれる――それはほんとうに、しあわせの味のするお菓子だった。

14

結城《ゆうき》さんから連絡があったのは、それから何日かたったあとのことだった。

便りはメールでも電話でもなく、封書で来た。

四辺に繊細な蔓薔薇《つるばら》模様が型押しされた水色の封筒を開けると、便箋《びんせん》ではなく、カードが一枚入っていた。

――いつかの話の続きをしませんか。ご迷惑でなければ、ぜひいらしてください。結城――

なんだか仰々《ぎょうぎょう》しい文面だった。

几帳面《きちょうめん》な筆跡に重ねて、自宅の位置を示した地図がそえられていた。手紙というよりは、招待状みたいだった。コンサートとか、お芝居とかの。

それはともかく、手紙を受け取ったわたしは、ただそれだけのことに、もうそわそわしはじめていた。つまりは、すごく――感動していた。

結城さん。

わたしにとっては、あらゆる意味で遠い人だった。なのに、ただの憧《あこが》れだけじゃない、どこかで近しい人に感じる親しみのようなものを感じていた。

矛盾《むじゅん》しているみたいだけど、そうだったのだ。

なんとなく知り合いになれたけど、やっぱり簡単に親しくなれたりはしなかった。

わたしは彼女のことを知らなくて、だけど踏み込むことが――たぶん、嫌われることが怖くて――できなくて、なかなか打ち解けられなかった。

一緒に楽しい時間を過ごしても、そのうちに余計なことを言ったり、したりして、気まずい思いをしたり、不安になったりした。

もしかすると結城さんは、わたしの人間関係史上、最も難解で対処しづらい相手かもしれなかった。

それなのに、また会えることがこんなにうれしい。それは、ずいぶん長く忘れていた感覚だった。

友だちは必要なもの。だから努力してつくるもの。気をつけて、工夫して、穏便に維持していくもの。そんなふうに思っていた。

でも、結城さんは――そういうのとは違っていた。

わたしは彼女に会わなければならない、とは思わなかった。

ただ、会いたいと思った。

「あなたに、ずっと謝りたかったの」

開口いちばん、結城さんが口にしたせりふがそれだった。

手紙の指示を頼りにたどりついた結城さんの自宅は、高層階にある、マンションの一室だった。

玄関も、通路も、すっきりと清潔で、余分なものが何もない。通された部屋にも、とりたてて変わったもの——部屋の主人の個性を教えてくれるようなものは、何もなかった。

生活感なく片づいた部屋を表現するときに使う、モデルルームみたい、っていう常套句《じょうとうく》があるけれど、結城さんの部屋から受けた印象は、そんなありきたりな表現を、軽々と超越するものだった。

シンプルな暮らし、というよりは、生活そのものが根づいていないような感じ。清潔だけど、殺風景な空間。そこには、人の住む部屋につきもののあたたかさが、ほとんど感じられなかった。

でもそれは、学校で見る結城さんのイメージに違和感なく重なるもので、わたしはこのなじみのない環境を、どう解釈していいのかわからなかった。

いつの間にか、自分の家の様子と比較していた。

たくさんの台所用品、至る所に存在する雑誌や本の小山、買い置きの食料品。こたつやダイニングテーブルをはじめとする、生活感あふれきった家財道具。

ここには、そういうものが何も見当たらない。

潔癖な部屋。

結城さんがひとりで暮らしているらしいことに気づいたのは、勧められて、一脚きりしかない椅子《いす》に腰を落ち着けたあとだった。ほんとうは、すぐに気づいても不思議じゃなかったのだけど。なにしろ、複数人で住むには、部屋数が少なすぎる。

――家の人はどうしたのかな？

高校生としては異例の住環境に、何だか落ち着かなくなった。それでいて、いつもの癖で、事情を訊《き》くのをためらっていた。

――だめだめ。

わたしは深呼吸をして、いつもの思考パターンを追い払った。ここに来る前に、しっかり心に決めてきたのだった。

わたしは今日こそ結城さんに、いろいろなことをちゃんと訊いて、話すつもりだった。

結城さんとは駆け引きとか、打算を抜きにした、単純なつきあいをしたかった。その結果、結城さんがわたしの思っているような人じゃないってわかっても、向こうから嫌われても、それはそれで仕方がないと思った。

見当はずれかもしれない憧れだけを抱いて、もどかしさを抱えたまま、すれ違ってしまうのは嫌だった。わたしは——たぶん、結城さんと、ちゃんと友だちになりたかったのだ。そうすることが『必要』な相手じゃなくても。そういうのって、ぜんぜんいつものわたしらしくなかったけれど。

とにかくひと呼吸をおいたあと、わたしは思いきりよく行動を起こした。率直に結城さんに訊いた。

「ひとりで暮らしているの？」

「ええ。母は、いまは祖父母の家に住んでいるから」

結城さんは、何でもないことのように答えた。

部屋では、小さなガスストーブが盛んに燃えていて、ぜんぜん寒くはなかったけれど、がらんとした部屋は、あいかわらずひんやりとした印象をたたえていた。

めぼしい家具は、小さな机と、わたしが借りている椅子が一脚きりだ。

部屋の片隅《すみ》に、段ボールが三つ、積み上げられている。

あとは、若草色の無地のカバーが掛けられたベッドが一台。他には、本棚も、こたつも、テレビさえ置かれていなかった。

結城さんが小さな流し台から運んできたココアを、わたしは椅子、彼女はベッドに腰かけて、それぞれ手に取った。

熱いココアがたてる湯気を目で追っていると、結城さんがだしぬけに言った。

「……ずっと、友だちなんかいらないって思っていたの」

唐突に持ち出された——ずいぶん奇妙な話題だった。

「友だちだけじゃない。洋服も、本も、家具も、思い出も、家族もいらないって思った。なのに、このごろは……ちょっと変なの」

例の彼氏のことを言っているのかなと思った。

わたしには大事なものがいっぱいある。

家族はもちろんだけど、些細《ささい》な持ち物にもいちいち愛着があって、たとえいらなくなっても簡単には捨てられない。処分するのがつらくて、つい不用品をため込んでしまい、押し入れをいっぱいにしてしまう。

だから、なんにもいらないなんていう結城さんの気持ちは理解できなかったけれど、そんな彼女も、あの人のことだけは例外なんだな、と思った。

だって、あの人に会っているときの結城さんは、ほんとうにしあわせそうに見えたから。ふだんの結城さんから想像するのが難しいくらいに、あれは幸福そうな笑顔だった。

「もしかして、いつかバス停に迎えに来ていた——あの人のことで悩んでいるの？」

遠慮なく訊《たず》ねると、結城さんははっとしてわたしを見た。

「わたし、自分で思ってたより、ずっとわかりやすい人間だったのね。いま、小野《おの》さんに指摘されて、初めて気づいた」

結城さんは心底驚いたみたいな顔をして言った。それから決まり悪そうに笑ってから、深いため息をひとつ、ついた。

「そう。あの人のことでずっと悩んでる。もう、どうしていいのかわからない」

手にしていたカップを、テーブルの上に戻して、結城さんは居住まいを正した。

「あの人のこと、前はとても好きだったの。でもいまはそうじゃなくなっちゃった。なのに、離れることができなくて、憎むこともできなくて、傷つくのも傷つけるのも怖くて、仕方がないから知らないふりをしてるの。

にこにこ笑って、前と同じに、平気なふりをしてるの。自分にも相手にも嘘《うそ》をついてる。それが苦しくてたまらない」

びっくりした。

――あれ、演技だったのか！

だとしたら、あのときの結城さんの女優っぷりは完璧だった。もし、さっき聞いた結城さんの言葉が嘘じゃないなら。

「嘘なら……」

そう口にしながらわたしは、かすかに感じるうしろめたさに、視線の置き場に困って、そっと顔を伏せた。

「わたしだってついてるよ。ほんとは苦手な子にだって、そうじゃないふりするし、認められない意見にだって、同調する。その場限りだとしてもね、わたしも自分に嘘をつく」

「それが簡単にできるんだとしたら、あなたがうらやましい」

「簡単じゃないよ。ただ、わたしには、ほんとうの気持ちを話せる相手がいるから、何とかやれてるだけ」

わたしは姉の顔を思い浮かべながら言った。

結城さんは淋《さび》しそうに笑った。

「わたし、いろんなものをせっかちに捨ててきすぎちゃったのかな。ぜんぶ捨てて、身軽になったつもりでいたのに、どうしてかな。ちっとも楽になれたような気がしないの」

結城さんの話を聞いている間、頭のなかで、いくつかの言葉が渦を巻いていた。

──それは、ほんとは嫌いな人と、無理してつきあってるからじゃないの？

そんな人、さっさと別れたほうがいいんじゃない？　どういう素性の人なの？

もっとあなたにふさわしい人を探すべきだよ。

そんなふうに身もふたもなく切り捨てるのは、簡単だった。

わたしは当事者じゃなかったから。

だけど、簡単に割り切るのが不可能だからこそ、悩んでしまうのだ。悩みって、そういうものだ。選べないから、困る。怖くて、前に進めなくて、足をすくませている人に、わたしはいったい、何て言えばいいんだろう。

ぜんぜんわからなかった。

だから、どこかで聞いた言葉でお茶を濁《にご》した。

「結城さんが、したいようにするしかないんじゃないかな。結城さんのことは、きっと結城さんにしかわからないと思うから」

結城さんがうつむけていた顔を上げた。

「やっぱりすごいな、小野さんは」

わたしはどぎまぎした。わたしはすごくなんかない。わからないから、わからないと言っただけだ。過大に評価されるのは、すごく居心地が悪かった。

「結城さんは、わたしのこと誤解してるよ。良すぎる方向に」

「そうでもないよ。わたし、あなたのことは、けっこうよく知ってるもの。前にも言ったけど、こっそりあなたを見ていた。ずっと、うらやましかったから」

──うらやましい？　わたしが？

結城さんの思いがけない発言に、わたしはあぜんとしてしまった。

「それに、やっぱり、小野さんはわたしが思ってたとおりの人だった」

──わたし、結城さんにどんなふうに思われているんだろう。

なんだか急に不安になってきた。

「前に、小野さんに訊きたいことがあるって言ったでしょ。じつはあれね、あの人のことで、あなたの意見を聞かせてもらいたかったんだ。みんなと一緒にいるときのあなたじゃなくて、普段、隠しているほうのあなたに。

ちゃんとしなきゃと思うのに、できない。あの人のそばにいるのがつらい。好きになりたいのに、なれない。でもだからって、完全に嫌いにもなれない。

ずいぶん前から、どんな人とでもうまくつきあえるあなたに相談したいと思ってた。だってね、こういうことを話す相手って、誰でもいいってわけにはいかないもの。

小野さんがよかった。何となく、あなたとは価値観が似ているような気がしたから。森《もり》嶋《しま》先生の発言に対する反応とかね。

あのときは、ほんとにどきどきした。見つけた、って思ったの。小野さんはわたしの運命の人かもしれない、って。

価値観が近いって、大事に思うことやものが、似てるってことでしょう。そんな人、めったに出会えるものじゃないから。

なのに、なかなか声がかけられなくて。

やっと仲良くなりかけても、つまんない感情にじゃまされて――ほんと、わたし、自分の臆病《おくびよう》さが嫌になる。

だけど、これがわたし。残念だけど、これっぽっちの人間なの。

どうにもならないことにくよくよして、すぐに尻込みしちゃうだめなやつ。でもね、今度ばかりは勇気を出すことにしたの。わたしはあなたと話したい。あなたが同じように思ってくれるかどうかわからないけど、もしそうならいいなって思う」

いつか、結城さんがわたしに見せた真剣なまなざし――あれは鏡に映ったわたし自身の気持ちだった。あなたと話したい、っていう切実な願い。

めまいがしそうだった。漫画のなかでしか見たことのない……ものすごく率直な、それは、片思いの友情の告白だった。

彼女に告げるべき、わたしの答えは――そんなの、言うまでもない。

「わたしのほうこそ。ずっと結城さんに憧れてたよ」

「知ってた。あなたがわたしのことを、変に買いかぶってくれてるのは、何となく気づいてたよ。正直言って、困るな、って思ってた」

どっと冷や汗が出た。

「ご、ごめん」

うろたえるわたしに、もっとあわてて、結城さんが言い足した。

「違う、そうじゃないの。

ぜんぜんたいしたことないわたしを盛大に誤解させて、小野さんに申し訳ないって思ってた。ほんとうはわたし、だめだめな人間なのに。

小野さん、わたしと違って適応力があるでしょ。どんな子とでも、いつの間にか仲良くなれるでしょ。変に偏《かたよ》ったところもないし、人を威圧したりもないし、といって卑屈《ひくつ》なわけでもないし、見ていてうらやましかった。わたしもあなたみたいになりたかった」

結城さんのべた褒めぶりに、わたしは赤面せずにはいられなかった。

あれはぜんぶ演技です、って言うべきか。いや、さすがにそこまであからさまに暴露はできない。でも、変な誤解は解いておかなければならなかった。

「わたし、ほんとにぜんぜんそんなんじゃないから」

それから、結城さんも――。

わたしが想像していた人とはぜんぜん違っていた。女王度、高くない――っていうか、かなり低め。でも、意外なことに、少しもがっかりはしていなかった。女王じゃなくても、わたしはやっぱり結城さんが好きみたいだった。

だから。

わたしはあえて、余計なことを言うことにした。どうしても、ほんの少しでも、結城さんの助けになりたいと思ったから。

やっとのことでしぼりだした知恵のしずくを、そっと唇にのせた。

「やっぱり……一度は向き合わなきゃなんない気がする。思いきって話をしてみるしかないんじゃないかな。その人と。いますぐにじゃなくても」

結城さんが真剣なまなざしをわたしに向けた。

「わたしのお姉ちゃん、研究の仕事をしてるんだけど……どうしたらいいかわかんないときって、とりあえず刺激を与えてみるんだって言ってた」

結城さんがけげんそうにまばたきした。

「ええと、思いついたことを対象に向かって、いろいろ試してみるんだって。地道に、ひとつひとつ。そうしているうちに、解決の糸口が見つかることもあるって」

わたしの拙《つたな》い経験にかんがみて、誰かと一緒にいようとするなら、大なり小なり努力が必要だ。

自分以外の人の考えって、結局はわからないから。

わかったようでも、ほんとはそうじゃないこともよくある。

そんなとき、言葉は有力な手段になる。たとえ完全じゃなくても、これ以上に確実に、相手のほんとうの気持ちに近づく方法はないから。

言葉にされない気持ちは、めったに伝わらない。あなたはいま、しあわせ？　不幸せ？

そんなことさえ、他の人にはわからない。見かけだけじゃ、ほんとにわからない。

たとえ相手が、長く一緒にいた家族だとしても。

もしかしたら、家族だから余計に。

もちろん、相手のほんとうの気持ちを確かめたって、それでうまく折り合えるとは限らない。知ってしまったせいで、余計に相手を遠ざけるはめになるかもしれない。かえって断絶が決定的になってしまうかもしれない。

だけど、現状を変えたいのなら。

やっぱり、ほんとうのことを知っておく必要があるような気がした。

「あの人の、ほんとうの気持ち……」

結城さんがつぶやいた。

「そんなこと、考えたこともなかった」

目をふせて、結城さんはしばらく黙りこんだ。

やがて、訊いた。

あいかわらずどうしていいのかわからないでいるわたしに向かって、結城さんは泣きだしそうな顔で微笑《ほほえ》んでみせた。

「そしたらわたし、あの人を許せるかしら」

「許せないようなこと……されたの？」

「……」

結城さんは答えない。

「言いたくないなら訊かないよ。無理に話すことなんてないんだし」

あわてて質問を引っ込めたわたしを、結城さんは不安そうなまなざしで見た。でも、ひとしきり迷いを見せた結城さんは、やがてゆっくりと口を開いた。

乾いた唇から、吐息のような言葉がこぼれ出た。

「あの人は、わたしの家族を殺したの」

——コロシタ？

わたしは胸のなかで結城さんが発音した語句を繰り返した。だけど、肝心《かんじん》の言葉の意味は、ぜんぜん頭に入ってこなかった。

殺した。そんな物騒な単語が、こんなところで出てくるはずがない。わたしは何か、他の言葉と聞き間違えたんだ。

だけど、結城さんはそのままの調子で続けた。

「ちょうど一年前——わたしが中学三年の冬よ。あの人は自分を殺して、それから、わたしと母を殺した」

結城さんの言葉は、ますますわたしを混乱させた。殺すという言葉の意味が、宙に浮いたみたいになって、ちっともものみこめなかった。

結城さんは何を言っているのだろう。第一、結城さんは死んでなんかいない。確かにわたしの目の前で生きている。『あの人』も、ちゃんと生きていた。

——だけど。

もし、あの人が死んだ人だというのなら……。わたしの頭のなかに、ひとつの可能性が像を結んだ。

結城さんのお父さんは亡くなった。

彼女が中学三年のときに。

それは、つまり。

「もしかして……あの人って、結城さんのお父さんなの？」

結城さんは表情のない顔をわたしに向け――それから、かすかにうなずいた。

「気味が悪かったでしょう？　わたしとあの人が一緒にいるところ。つくり笑顔、仲のいいふり、空々しい会話。ほんとうに、くだらない茶番。思い出してもぞっとする」

「そんな……お父さんのこと、どうしてそんなふうに言うの？」

「ほんとうの父じゃないからよ。言ったでしょ、父は一年前に死んだの。わたしと母を裏切って」

結城さんはとことん遠回しな言い方をした。たぶん、その事実に――受け入れがたい過去に、直接手を触れないで済ませるために。

裏切り。家族の心を殺すこと。その日を境に、家族みんなが、これまでのその人じゃなくなってしまうような事件。

――きっと、結城さんのお父さんは、家族に致命的な嘘をついた。

わたしは結城さんの顔を見た。嫌なこと、吐きだしたかったらそうしてかまわないよ、って言うつもりで。

結城さんの唇が、細かく震えていた。

「そうよ。あの人は、わたしたちを裏切ったの。

母と結婚する前から、ずっとつきあっている人がいたの。信じられる？　わたしたちとの生活と並行して、ずっとよ。

それがわかったのが一年前。その人が母を訪ねてきて、なにもかもぶちまけたの。何でいまさらって思うでしょ。その人、その前の年に、旦那《だんな》さんを亡くしたんだって。もう、遠慮する必要がなくなったってわけ。

結局、両親は別居することになったわ。あきらかになった事実に、母は耐えられなかったの。だから、いまは実家で暮らしてる。わたしは学校の都合で、高校を卒業するまでひとりでこの町に住むことになったの。

わたしたちは、生きているけれど、もう誰も、もとのわたしたちじゃない。心のなかは別人なの。昔のわたしたちは死んで、わたしたちの関係も死んだの。人って、生きていても死ぬんだなって、初めて知った。こんなこと、わたしもじっさいに経験してみるまで想像もしなかったけど」

――関係の死。

わたしはその言葉が意味するところに思いを巡らせた。

裏切りって、関係を殺すことなのか、と思った。血は流れないけれど、裏切られた人の心は死んだも同然になる。魂《たましい》の殺人。

　裏切りの結末って、そういうことらしかった。

　結城さんは低い声で言った。

「なのに表面上はまだ、家族のふりをしてるの。半月に一度、親子のふりをして、一緒に食事をして、おこづかいをもらうの」

　結城さんの声が不安定に震えた。

「あの人は、わたしを殺したくせに、平気な顔で笑うの。元気にしてたか、って訊くの。ほんとのお父さんみたいに。大好きだった頃のお父さんみたいに」

　――ああ、そうか。

　しめつけられるような胸の痛みを感じながら、わたしは思った。

　――結城さんは、お姉ちゃんなんだ。

　ベッドの端に座ってくれる人のいなかった女の子。とっくに大人になったふりをして、悲しいことを、たったひとりで耐えてきた子供。

　わたしは、涙をこぼしはじめた結城さんの背中に、そっと腕をまわした。アメリカのホームドラマに出てくる、子供思いのお母さんみたいに。

　結城さんは、わたしの腕のなかで、しばらくじっとしていた。

「……ああ、とうとう言っちゃった」

小さな声が、腕のなかから聞こえた。

「ごめんね。こんなこと愚痴《ぐち》られても困るよね。でも、ずっと誰かに相談したかった。大好きなのに大嫌いになっちゃったら、どうしたらいい？

いまでも、ぜんぜんわからないの。あの人が、なぜあんなことをしたのか。どうして、何も知らないわたしたちを平気で裏切るようなことができたのか。何もかもめちゃくちゃになってしまったのに、どうして何事もなかったみたいな顔をしていられるのか――」

とうとう言葉を詰まらせた結城さんに、わたしは――。

「人生はただひとり道なき道を行くがごとし、なんだって」

思い余って、最近あちこちで耳にしたいろんな人の言葉をごちゃまぜにして、口にしていた。

これは大槻《おおつき》さんの言葉。

それから、秋津《あきつ》や、姉の言っていたこと。ブラックサンタこと、小山《こやま》さんにお茶をごちそうになったときに聞かせてもらった話。

ずっと、何も失わずに生きられたらいい。

好きな人と一緒に、慣れ親しんだものに囲まれて、あたたかなところで平穏無事に暮らしていけたらいい。

だけど、わたしたちは失ってしまう。大事な人を、大事な関係を。大切にしていたぶんだけ、おそろしい悲しみに苛《さいな》まれる。手にしていたときにしあわせだったぶんだけ、重い後悔や不安に耐えなきゃならない。

身体《からだ》も、心も、死ななければいいのに。好きな人と、ずっと仲良く一緒に生きていけたらいいのに。

だけど、わたしたちはちっとも『確か』なんかじゃない。ふだん仲のいい人とだって、虫の居所次第でけんかしてしまったりする。

永遠なんてたぶん、この世には存在しない。

だから、死んじゃったものは仕方がないって、あきらめるしかない。

きっと、身体だけじゃなくて、関係にも寿命があるんだ。

寿命って理不尽だ。そもそもが不公平なものだし、その終わりにいたっては、誰にも予測がつけられない。

命って、何とか維持しようとどんなにがんばったって、だめになるときはだめになる。思ってもみないときに、突然消えてしまうこともある。わたしのお母さんは、三十七歳の若さでこの世を去らなければならなかった。

たぶん、何のせいというのでもなく。いつの間にか背負わされた、非情な運命に従って。

人と人との関係だって、事情は似たり寄ったりなのかもしれない。一応、誰が何をしたっていう、原因らしきものはあっても、それはやっぱり避けようがなかったことなのかもしれないし、すでに起こってしまった『死』について、理由探しをしてみても、たぶん悲しみの再確認にしかならない。

非力なわたしたちはいつか、運命を許さなければならない。少しでも苦しみ少なく生きていこうとするならば。たとえいまは、そうするのが無理だとしても。

これは小山さんに聞いた話。

人間関係の苦しみって、他人を許せないことが大きな原因のひとつなんだそうだ。

べつに、法にはふれない些細なこと——たとえば、靴をそろえないで脱ぐことが許せない人がいたとして、そりゃ、そろえて脱ぐのにこしたことはないんだけど、だからって、そろえて脱がない人に、自分の正義を盾に、制裁を加えていいってことにはならない。

ところが『靴をそろえて脱がない者には制裁を加えるべし』という考えを支持する人がやっぱりいて、彼らの正義はいつの間にか、自分とやり方の違う人を迫害する口実に発展してしまう。

人間は、自分と価値観を異にする人を、なかなか『許す』ことができない。家庭不和も、いじめも、虐殺《ぎゃくさつ》も、そうやって起こる。

だから、たいていの社会で、混乱を避けるために、『必ず許されないこと』を周知させるためのリストが作られる。

法律だ。

だけど、そこから取りこぼされたことについては——各々の良心の判断に委《ゆだ》ねられている。これがやっぱり、混乱のもと。

『神様、
変えられるものを、変える勇気を。

変えられないものを、受け入れる冷静さを。

変えられることと、変えられないことを、見分けることのできる賢さを。

——わたしたちに与えてください』

そう、他人は変えられないものとあきらめて、自分の気の持ちようを変えればいいっていう話。だけど、ほんとうは自分の心を変えるのだって、簡単じゃない。

許すって、たぶん忘れることだ。

恨みや悲しみだけじゃなく、ひょっとしたらいいことも。それにまつわる一切の記憶を、まるごと捨ててしまうことだ。

やっぱり難しい。

でも、重い感情に場所を占められてしまったら、人の心は、他の何も受けつけられなくなってしまう。

小山さんは、『許しは、自分のためにこそ必要なのですよ』と言った。

いつか、元気よく前に進んでいく日のために。大事な生命力を、ちゃんといいことに活用するために。

小山さんによると、信仰は、現世という場所を少しでも住みやすくするための、方便なのだそうだ。気持ちをいくらかでも楽にして、生活を楽しくするための。

神父さんなんて、それまでぜんぜんなじみのない存在だったけれど、彼の話すことは偶然にも、居心地のいい場所を保つために生きていると言っていた大槻さんの考え方に、とてもよく似ていた。

価値観の違う人がいるのは仕方がない。

わかりあうことも、好きになることもほぼ、不可能。

それなら、礼儀正しく距離を置いて——周囲の人に、なるべくやさしくしながら暮らせばいい。

自分が失敗してみて、よくわかった。人間は何をどう努力したって、同じ場所に留まり続けることなんてできない。

赤の女王とは違って。

残念ながら、わたしは赤の女王にはなれない。誰も、女王のするようにはできない。

だから、ときには思いきって休憩してしまおう。どうせ、世界はそんなことにはおかまいなしに変化して、通り過ぎていってしまうのだから。

人の縁も、きっとそう。

それはこの世界の至る所で、たえず結ばれ、また解かれ続けているものなのに違いない。

わたしたちは近づいたり、遠ざかったり、傷つけ合ったりしながら、もろとも時間に押し流されていく。

流れに予測が立てられないものだから、しょっちゅうひとりぼっちで道に迷う。目印の星を見失って、ついでに元気も失《な》くして、途方に暮れてしまう。

そんなときは。

たぶん、待つしか仕様がないのだ。新たな目印が見つかるまで。

また、歩きだす気力がわいてくるまで。

だけど、やがてその日が来たなら、大槻さんが言っていたみたいに、進むべき方向を確かめて、地図に進路を引いて、勇気を出して、新しい一歩を踏み出すのだ。

この先も、しょっちゅう失くし物をするだろうし、また歩けなくなることもあるだろうけれど、どこかで思わぬ拾いものしたりするかもしれない。たまたま同じ方向に進む、誰かに出会えるかもしれない。いずれまた、その人と別れるときが来るとしても。

時間の流れのなかで、わたしたちの心は、何度も死んで、生まれ変わるのだ。

いったん死んだ以上、後戻りができないのはあたりまえ。

生まれ変わるんだから、以前とは違っていてあたりまえ。

たぶん、それだけのこと。ほんとうは、シリアスになる必要なんてないのかもしれない。なのに、わたしはずっと空っぽな自分が怖かった。だから、みんなが持っているものを自分でも手に入れて、それで安心していたかった。だけど、ほんとうにそれを望んでいたのかな。

役に立っているのかもしれない、でも、不用品かもしれない、重い荷物。わたしは、思いきりよくそれを放り出す自分を想像してみた。

空っぽの手。

せいせいとして、軽い。

——もしかして許すって、こういうことなのかな。

その気になれば、羽根のように軽くなれそうだった。抱えている荷物の重さは、案外思い込みだったのかもしれない。

長々と時間をかけて、いろんな人に聞いたり教わったりしたことを話し終えたあと、わたしは自分の意見もちょっとだけ、つけ加えた。

「……だから急ぐこと、ないと思うよ。

自分なりに答えが出せる日まで、待てばいいよ。それまで、わたしが愚痴を聞いてあげる」

言いながら、なんだか、自分自身に言いきかせているような気がしてきた。いつも迷って、うじうじして、足をすくませている自分に。

結城さんが、すん、と鼻を鳴らした。

赤くなった目の縁に、明るい微笑みが浮かんで、それはとてもほっとすることだったのに、わたしはなぜか泣きそうになった。

「小野さんって、やっぱりすごい。わたしが聞きたいって思っていたことを、さらっと言ってくれるんだもん」

べつにそういうつもりじゃなかった。

相手を喜ばせなくちゃ、なんて少しも意識していなかった。もしかして、いつもやってるうちに癖になって身についてしまったのだろうか。プライベートモードでいるときまで、無意識に？

――いや、そうじゃない。

「結城さんが言ってほしいことを言ったんじゃなくて、わたしが言いたいことを言ったんだよ」

たいしたことはできないけど、ちょっとでも役に立てたらうれしいなって、ほんとうに思っていたから。

「じゃあ、わたしも言いたいことを言うよ」

結城さんは照れくさそうに声をひそめた。

「九把原《くわばら》さんのことで嫌な思いをしたら、わたしに相談して。わたし、女子のたいていの嫌がらせには精通してるから。対処法や、気の取り直し方をレクチャーしてあげられるよ。いじめられっ子の先生だと思って、頼りにして」

結城さんの皮肉のきいた励《はげ》ましに、思わず笑ってしまった。

結城さんも笑いだした。

「ああ、泣いたらなんだか、お腹《なか》すいてきちゃった。何か食べるもの、持ってくるね」

立ち上がりかけた結城さんを、わたしは、そうだ、と引き止めた。

「忘れてた。お菓子、持ってきてたんだった」

手土産《みやげ》のつもりで持参した、これはバニラクリームビスケット。

もちろん大槻さんのお店のだ。

リュックから取りだして、封を切ると、ふんわりとバニラの香りが広がった。

「いい匂いだね」

結城さんが言い、わたしは自分が褒められたわけでもないのにうれしくなって、うなずいた。

こうして、臆病《おくびょう》なわたしたちはおっかなびっくり、やっとのことで友だちになった。

15

結局、恵美《えみ》とは仲直りすることはできなかった。

グループから抜けるのは——それまでの居場所への復帰を完全にあきらめることは、わたしにとっては、一大決心だった。

恵美が泣く。わたしに怒りをぶつける。だけど、わたしを罵《ののし》る言葉は、心のなかまでは突き刺さってこなかった。

恵美が放つ言葉の矢は、わたしの制服の胸のあたりでぽきぽきと折れて、足もとに落ちて、乾いた藁《わら》みたいに積み重なった。

恵美はまるで手負いの獣《けもの》みたいだった。

「何もかもあんたが悪い」

そんなふうに呪いの言葉を吐き散らす恵美は、いまいる、暗い森からの抜けだし方を知らない。恵美はそんなこと、知りたいとも思っていないから。

だから、ずっとそのまま。

つらいまま。

いつか、自分から、森を出ていきたいって望むようになるときまで。

何かが終わるときって、嫌な気持ちだ。

それを自分の意思で決めたなら、なおさら。とても怖い。これは間違いなんじゃないかって、取り返しのつかないことをしてしまったんじゃないかって、不安になる。

だけど、ぜんぶは手に取れない。何もかもをうまく収めることなんてできない。

何かを選べば、何かをあきらめるしかない。

わたしはその日を境に、相手の反応で自分の価値をはかることをやめた。

そして、ぽっかりと空いた両手に、未知の領域に踏み出す不安を、こわごわと引き受けた。

16

寒い季節が去り、春が来て、わたしは二年に進級した。

結城《ゆうき》さんとはクラスが別々になってしまったけれど、友だちづきあいは続いていた。両方の都合が合うときには、こうして中庭で、一緒にお昼を食べることもある。

お弁当のあとには、無駄話とお菓子。なかでも、バニラクリームビスケットはわたしたちの食後のおやつの定番だった。のべつまくなしに話し続けることもあれば、お菓子をかじりながら、何も話さずにいることもあった。

青い空を雲が流れていく。どこかでウグイスが鳴いていた。

——いいなあ。

わたしは満たされた気持ちで、目を閉じた。

次の話題を急いで探さなくてもすむ人。

わたしが欲しかった友だちって、そばに置いて見せびらかすものじゃなくて、何かをねだる相手でもなくて、一緒に日常を過ごすことがうれしい人だったみたいだ。

ただ、同じ地平に存在してくれている、それだけでじゅうぶんだった。

恵美《えみ》とは長いあいだ、友だちづきあいをしてきたけれど、いまやすっかり絶交状態だった。わたしは恵美を裏切ったことになっていて、いまだに悪口を言いふらされ続けている。恵美の味方をする子もいるし、そうでない子もいる。

わたしにはどうにもできないことなので、そのままにしている。恵美がどんな感情を選択して、どう行動するかは、わたしのではなく、恵美自身の問題だった。


「あっ、秋津《あきつ》君だ」

ふいに、結城さんが言った。

彼女が指さしたほうを見ると、秋津が早足に渡り廊下を抜けていくところだった。

「どこへ行くんだろう」

結城さんが不思議そうに訊《き》くので、ありそうなことを答えておいた。

「悩める少女を励《はげ》ましに行くところじゃないかな」

いまは五月。

新入生が新たなグループを作り終える頃で、必然的に、悩める少女が頻出《ひんしゅつ》する時期だった。

女子は日々、いろんな手段で自分の身を守っている。

性格の偏《かたよ》りって、ひょっとしたら、防衛意識から出てくるのかもしれない。

自分の弱さを自覚している子。完璧主義の子。エネルギーが有り余って、マイナス活用しまくっている子。かたくなで、思い込みの激しい子。

どの子にも自分のやり方があって、それぞれの都合で生きている。でも、ときどきやり方を間違って、自分で自分の首を絞めてしまうこともある。

そんなとき、持つべきものは、ベッドの端に座ってくれる誰かだ。

わたし以外には誰にも公言していないみたいだけど、神父のたまご、秋津にとって、いまは年内で最も忙しい季節であるはずだった。


わたしはビスケットの最後の一枚を、半分に割った。その片方を結城さんに渡して、もう一方を口に入れた。

結城さんも同じようにした。

「おいしい。これって、ほんとうによくできたお菓子だよね」

――わかる。わたしもそう思う。

このお菓子はわたしにとっても、いつもそばにいて励ましてくれる、ばあや――そんな人とはじっさいにはかかわったことがないから、空想上のばあや――みたいなお菓子だった。

こんなふうに言うと、大槻《おおつき》さんに憤慨《ふんがい》されるかな。

「わたし、大槻さんにとって、このお菓子が特別だっていうの、よくわかるような気がするな」

空になったお弁当を膝《ひざ》の上で包み直しながら、結城さんが言った。

これが大槻さんと彼女のお母さんとの、ほとんど唯一の思い出にまつわるお菓子だということは以前に話したことがあったけれど、結城さんが言っているのは、そういうことではなさそうだった。

「何といっても、安定してるところがいいよね」

「安定？」

お菓子にはあまり似合わない褒め言葉に、わたしは首をかしげた。

「うん。溶けもせず、崩れもしないで、四季を通じてスタイル堅固。しかも常温保存可能だなんて、余裕の風格。ビスケットってお菓子の女王だよね」

「確かに堅固だね。これ……」

わたしは笑った。

結城さんも笑った。

「この密度が頼もしい」

たぶん、結城さんが言おうとしていたのは、こういうことだ。

——安定しているものって、すばらしい。

自分がそうじゃないから、憧《あこが》れる。安心できるから、好きになる。

わたしが結城さんに魅《ひ》かれたのは、やっぱり彼女が他の人の数倍、安定しているように見えたからだと思う。

じっさいには、それほどでもなかったのだけど。

でも、それでよかった。だいたい人間関係って、ちょっとした誤解込みで成り立っているものなのだ。

だけどいつか、その誤差がどんどん広がって、いろいろなことがどうにもならなくなって、思ってもみなかったほんとうのことがあきらかになって、わたしが把握《はあく》していた結城さん像に大幅な修正を迫られるようなことがあっても——わたしはそれを、ちゃんと受け入れようと思った。

我慢しすぎて、とりかえしのつかない痛手を受けて、徹底的に嫌いになってしまう前に。

お互い、どんなふうに変わっていくにせよ、それってたぶん、仕方がないことだから。

「どうしたの。わたしの顔に何かついてる?」

結城さんに訊かれて、わたしは自分が彼女の顔を、じっと見つめていたことに気がついた。

「……何もついてないなあ、って思いながら見てた」

「そうなの?」

結城さんはちょっと鼻にしわを寄せた。

「ところで、ねえ、小野《おの》さんは知ってた? バニラの花言葉ってすごいんだよ」

「へえ、どういうの?」

「永久不滅、だって」

結城さんの声が、晴れた空に明るく響いた。

「永久不滅……」

「うん。やっぱりたくましいお菓子だよね。大槻さん、もしかして狙ってデザインしたのかしら」

——永久な上に、不滅か。

本人に確かめたわけじゃないから、大槻さんがどういう意図でこのビスケットのレシピを考えたのかは不明だったけれど、すてきな解釈だと思った。

永久。

人の手なんか、どうしたって届かないもの。

時はどんどん流れていく。何もかも変わっていってしまう。そしていつか、ぜんぶが過去になる。

それでも、このひとときには永遠のかけらが、確かに宿っているような気がした。

満ち足りた気持ちが、五月の空に萌《も》えだした若葉の色に結晶していく――わたしは、永遠のかたちを、そんなふうに空想した。

しあわせな思い出は、固く透き通った輝きになって、そのつど、人の記憶のうちに保存されるのだ。

記憶の持ち主がそれを必要としなくなる、新たな旅立ちの日まで。

切なくなるような『ほんとうのこと』に、鼻の奥がツンと痛くなった。

穏やかすぎる毎日が、わたしをいくらか感傷的にしていた。もっとも、そんなナイーブな気分に浸っていられたのは、ほんのわずかなあいだだけだった。

やがて鳴りだした、昼休みの終了を告げる鐘の音に急《せ》かされて、わたしたちはあわててベンチの上に広げていたお菓子やお弁当や飲み物を片づけた。

荷物をひとまとめにして、立ち上がる。

スカートについたビスケットのくずを払って、転がるように駆けだした。

廊下の右と左、行き先の分かれる場所で、結城さんが手を振った。

「じゃ、またね」

わたしは緑の光の粒をひとつ、ことんと胸の奥に収めてから、彼女に手を振り返した。

「うん。またね」

※この作品はフィクションです。実在の人物・団体・事件などにはいっさい関係ありません。

集英社オレンジ文庫をお買い上げいただき、ありがとうございます。
ご意見・ご感想をお待ちしております。

● あて先
〒101-8050　東京都千代田区一ツ橋2-5-10
集英社オレンジ文庫編集部 気付
紙上ユキ先生

集英社
オレンジ文庫

少女手帖

2017年9月25日　第1刷発行

著　者　紙上ユキ
発行者　北畠輝幸
発行所　株式会社集英社
〒101-8050東京都千代田区一ツ橋2-5-10
電話【編集部】03-3230-6352
【読者係】03-3230-6080
【販売部】03-3230-6393（書店専用）
印刷所　大日本印刷株式会社

※定価はカバーに表示してあります

ISBN 978-4-08-680147-8 C0193

集英社オレンジ文庫

竹岡葉月

放課後、君はさくらのなかで

通勤途中で事故に遭った桜は、
魂が女子高生・咲良の体に入ってしまう。
偶然にも高校の同級生だった担任・鹿山に
協力を仰ぎ、彼女の魂を探すのだが…。